그림자를 벗는 꽃 1

이 책은
《글을낳는집》《연희문학창작촌》《21세기문학관》《예버덩문학의집》에서 집필하였으며
《한국장애인문화예술원》의 '2021년 장애인문화예술사업 지원금'을 받아 펴냅니다.

안학수 3부작 청소년 역사소설

그림자를 벗는 꽃 **1** 해방 전후

2021년 11월 22일 초판 제1쇄 발행

지은이   안학수
펴낸이   강봉구

펴낸곳   작은숲출판사
등록번호 제406-2013-0000801호
주소   10880 경기도 파주시 신촌로 21-30(신촌동)
전화   070-4067-8560
팩스   0505-499-8560
홈페이지 http://www.littleforestpublish.co.kr
이메일   littlef2010@daum.net

©안학수

ISBN 979-11-6035-115-6   44810
ISBN 979-11-6035-118-7   44810(세트)
값은 뒤표지에 있습니다.

안학수 3부작 청소년 역사소설

작은숲
청소년

1

해방 전후

안학수 글

그림자를 벗는 꽃 1 해방 전후

거창한 묘비명 ... 10

도끼호테 할아버지 ... 32

사래고교 축구팀으로 ... 51

전생의 죄 ... 64

여학생과 박문수 ... 80

해방 그리고 민주학당과 이동학 ... 90

할아버지의 도라지 ... 109

미군정과 남로당 그리고 ... 118

전국고교축구대회 결승전과 의문의 축구화 ... 133

여순 봉기와 빨치산 ... 150

도라지 절도 사건과 산부추꽃 ... 165

차례

국가보안법 제정과 보도연맹 ... 184

청대 탈락과 알바를 찾아서 ... 200

유월의 모내기와 결투 ... 223

너는 천한디 천한 천가여 ... 237

그림자를 벗는 꽃 2 한국 전쟁

전쟁 발발과 보도연맹

독가스 유출 사고

인민재판과 해방

감독에게 보란 듯이

산골 소녀 정순덕

공포의 표적 테러

소년병과 함께

천사모와 박수린

아기를 맡긴 후

아버지의 백일 사진

공포의 거제 포로수용소

또다시 일어선 천인겸

그림자를 벗는 꽃 3 분단 이후

포로 탈출과 석방

경찰의 해찰

다시 찾은 고향집

사고와 생명의 은인

전향은 석방, 비전향 20년

밝혀진 테러 주범

청춘을 빼앗긴 만기 출소

스카우터의 관심을 받다

철천지원수와 아들

요섭의 의문사

그들만의 세상

첫사랑을 만난 죄

그림자를 벗는 꽃

작가의 말

작품 해설 김종광소설가

모든 꽃들은 꿈을 품고 피어난다.

꿈 없이 피어나는 꽃은 없다.

현 시대의 청년 천인겸도 과거의 청년 천도윤도

모두 꿈을 지닌 꽃다운 나이였다.

거창한 묘비명

늦가을 맑고 따뜻한 날씨다. 모처럼 혼자 산길을 오르려니 수줍해진다. 드물게 찾아오는 낯선 자로 인해 초목들도 겁을 먹었는지 고요하다. 억새꽃 무리조차 솜털머리를 흔들지 않는다. 장딴지가 잠길 만큼 풀이 우거졌어도 바람한 점 없다. 당골 마을 사람들의 시선을 피하고 싶어서 버스에서 내리자마자 뛰는 듯이 빠른 걸음으로 올라온 탓에, 비탈이 심하지 않은 길인데도 숨이 거칠어지고 이마에 땀이 맺힌다.

가쁜 숨을 돌리려고 잠시 바위에 앉아서 먼 산마루를 바라보았다. 붓질한 것처럼 새털구름이 높푸른 하늘에 눌어붙어 있다. 하늘을 보자니 아련한 그리움이 가슴이 부듯하게 차오른다. 무엇에 대한 그리움인지는 뚜렷하지 않다.

아기일 때 세상을 떠난 아버지나 11년 전에 떠나신 할머니일까? 어디에 사는 누구인지 얼굴도 모르는 어머니일까? 여기서 지난여름까지 혼자 살다 돌아가신 할아버지일까? 자꾸 생각나고 만나고 싶은 수린이란 여자아이일까? 그도 저도 아니라면 늦가을의 쓸쓸한 외로움 탓인가?

콧등에 앉으려다 푸르릉 날아가는 잠자리 때문에 인겸이는 생각에서 깨어났다. 정신을 가다듬고 다시 서둘러 산길을 올라갔다. 할아버지와 할머니가 산 임자에게 허락을 받고 용도 변경, 화전으로 개간한 구릉진 비탈밭이 산길 왼쪽으로 펼쳐졌다. 넓이가 500평은 훨씬 넘을 채마밭이다. 할아버지가 가꾸다 만 배추와 무, 쪽파 등 야채들이 잡초와 함께 온 밭에 무성하다. 마치 할아버지 체취를 느끼는 듯하다. 금방이라도 할아버지가 구릉 너머에서 "인겸이오냐?"며 손짓할 것만 같다. 산밭 위쪽에 할머니와 합장한 할아버지 묘소를 장례 후로 처음 찾아뵙는다. 추석명절에라도 집에서 보낼 수 있었더라면 작은아버지와 함께 성묘할 수 있었을 것이다. 팀이 열흘 후부터 열리는 전국고교 축구대회를 위해 추석 휴가를 이틀만 주었기 때문이다. 추석 전날 귀향과 추석날 귀성 차표를 예매하지 못한 사람들끼리 기숙사에서 보냈다.

할아버지 묘소는 천씨네 선산 묘를 오른쪽으로 비껴 서 따로 있다. 할아버지도 천 씨지만 땅 주인 천씨네랑은 일가가 아니라서 그 선산에 들 수 없었다. 그래도 그 천씨네서 멀찍이 귀퉁이 땅이라도 내주어 모실 수 있었다. 상석과 둘레석들로 화려하게 치장한 천씨네 묘 마당을 외돌았다. 할아버지의 묘 마당에 이르자 묘를 잘못 찾아온 것으로 착각할 뻔했다. 삼우제 때까지 보지 못한 상석이 놓이고 묘비가 세워졌기 때문이다. 오석으로 된 상석과 묘비는 크지 않고 아담하니 보기 좋다. 발밑에서 방아깨비 한 마리가 띠르르르 날아 봉분 너머로 사라진다. 묘소에 입힌 떼는 양지인데다가 충분히 비가 내려서 뿌리가 제대로 자리를 잡은 것 같다.

누가 할아버지의 묘비를 세웠을까? 작은아버지는 비싼 묘비를 세울 만큼 할아버지를 생각하지 않는다. 작은아버지라면 세우기 전부터 인겸이의 귀가 닳도록 생색을 내고도 남을 사람이다.

먼저 예를 차리기 위해 상돌 위에 준비해 온 육포와 술을 따라 놓고 큰절을 했다. 할아버지를 생각하자 또 가슴이 뭉클하니 눈시울이 뜨거워지고 코끝이 찡해진다. 인겸이에게 할아버지는 아버지이자 어머니였다. 할아버지가 농사지어 인겸이에게 필요한 모든 것을 조달했다. 당신은 봄가을용 양복 한 벌과 바바리 하나에 검정색 겨울 코트 하나가 아끼는 외출복이었고, 평소엔 늘 공장 노동자 같은 작업복 차림이었다. 구두도 한 켤레를 5년 넘도록 지녔고, 늘 노점에서 구입한 값싼 운동화를 신었다. 오로지 인겸이만을 위해 살았다.

또 할아버지는 인겸이에게 형이요 친구였다. 다른 집 같으면 손자가 할아버지에게 버릇없이 구냐고 혼쭐나고도 남았다. 그만큼 할아버지와 인겸이의 주고받는 말과 행동이 마치 친한 형제가 하는 것처럼 자유로웠다. 할아버지는 어른이라는 권위를 내세우지 않고 인겸이를 존중해 주었다. 아니, 인겸이뿐만 아니라 모든 사람에게 나이를 불문하고 똑같이 대했다. 오히려 지위나 나이로 권위를 세우려는 사람들에겐 굽히지 않고 할 말씀 다하는 성품이었다. 할아버지는 때에 따라 사용하는 말씨도 달랐다. 진지할 때나 예를 갖추어야 할 필요가 있을 땐 표준어를 사용하고, 자유로운 자리에서 마음 편한 사람과 대화할 때나, 장난어린 풍자나 비웃어 줄 일이 있을 땐 충청도 말씨를 사용하는 습관을 지녔다.

인겸이는 올봄에 인천광역시의 축구 명문인 사래고등학

교에 입학하게 되었다. 이곳 봉산중학교 축구팀이 작년 가을철 전국중등부축구선수권대회에서 준준결승까지 오른 덕이었다. 사래고는 봉산중학교의 축구 유망주였던 윤장욱을 욕심냈다. 봉화중학교는 윤장욱을 데려가려면 천인겸과 김오제도 함께 데려가라는 조건을 붙였다. 장욱이와 같은 졸업반이지만 인겸이와 오제를 마땅한 조건으로 데려가겠다는 고교 팀이 없었기 때문이었다. 윤장욱은 고맙게도 자신만 데려가려고 제시하는 조건을 무시하고 봉화중학교에서 하자는 대로 따라 주었다. 꼭 장욱이를 데려가야 할 사래고 스카우터는 어쩔 수 없이 봉화중학교에서 요구하는 조건을 받아들였다. 대신 사래고는 봉화중학교 졸업 전인 10월 중에 세 명을 다 데려가는 조건을 걸었다. 하루라도 빨리 사래고 팀에 적응시키려고 겨울철 합숙 훈련에 미리 합류시키겠다는 것이었다. 사래고 팀 주전인 졸업반 선수들이 빠져나가기 전에 세대교체를 위해서 미리 보강해 두려는 계획이기도 했다. 그렇게 가족이라고는 한 분밖에 없는 할아버지와 처음 떨어져 지내게 되었다.

인겸이는 태어난 지 백 일도 채 안 된 아기 때부터 할머니와 할아버지 밑에서 자라 왔다. 어머니와 헤어진 아버지는 혼자 사시는 할머니께 인겸이를 한 달 동안만 맡아 달라 약속했다. 그러나 그 한 달이 다 될 무렵, 갑자기 원인 모를 아버지의 죽음으로 인겸이는 할아버지와 할머니 손에 자라게 되었다. 인겸이를 사랑해 주시던 할머니마저 다섯 살 때 돌아가시고 지금까지 홀로 되신 할아버지의 손에 자라 왔다.

할아버지는 인겸이가 무엇을 하든 나쁜 짓만 하지 않으면 말리지 않았다. 그러나 축구 선수 되려는 것을 달갑게 여기진 않았다. 초등학교 때까진 체력을 다지기 위해 필요하다고 여겨 축구하는 것을 막지 않았다. 중학교에 진학하고 축구팀에 들어갈 무렵의 어느 날이었다. 둘이 마루에 걸터앉아 주룩주룩 내리는 봄비를 바라보다 할아버지가 불쑥 말했다.

"인겸아 너 인젠 축구 구만혀라."

갑자기 축구를 그만하라니 할아버지가 심심해서 또 장난치기를 시작하나? 했다. 그런데 할아버지의 진지한 얼굴을 보고 장난이 아님을 알았다.

"왜애?"

"몸 튼튼헐 만치만 허면 구만이지 뭣하러 선수까장 헌다냐?"

웬만큼 체력이 튼튼하니 선수까지 할 것 없이 이젠 공부에 열중하라는 뜻이었다.

"싫어! 난 박지성 선수처럼 축구로 성공하고 싶단 말야!"

인겸이 말을 듣는 할아버지의 입가가 비웃음으로 씰룩인다.

"그 선수야 빼나게 잘혀서 성공헌 거지 너마냥 보통으루 해가꾸 되것남?"

박지성 선수가 학생 시절부터 빼어나게 잘한 선수였다는 것은 인정할 수 있다. 그러나 자신의 축구 실력을 얕보는 것은 받아들일 수 없었다.

"나 이래도 봉화중 감독 선생님이 주전 미드필더 감이랬어. 그리고 난 아직 어리잖아. 박지성 나이되면 나도 잘할 수 있어."

차분한 설명에도 할아버지는 여전히 비웃음을 머금고 말했다.

"흠, 그게 그냥 쉽가디? 누구마냥 직사허게 고생만 허구냥중인 반 걸칭이 되기 십상여."

할아버지는 또 자신이 잘 안다는 축구 선수였던 사람의 이야기를 하고 있는 거였다. 고등학교 축구부에서 꽤 잘했던 사람인데, 그 후로 실력을 인정받지 못한 사람이라고 했다. 팀이 성적을 내지 못해서 대학에 진학이 안 되고 불러 주는 실업팀도 없었다. 초등학교 축구부 코치를 조금 하다 사고로 다리를 다치는 바람에 아예 축구를 그만두었다는 거였다. 인겸이는 할아버지가 말하는 그 사람이 바로 다리를 조금 저는 사청 아저씨임을 알았다. 그러나 그땐 프로팀이 없었던 때다. 지금은 고등학교 팀에서라도 잘만 하면 프로팀의 손길이 온다고 했다.

"허다 만 사램이 반걸칭인겨 반만 걸쳤다가 말었다구, 너두 그 사램마냥 되기 십상이여."

"아냐! 그래도 난 해낼 수 있어! 고등학교만 졸업하면 프로팀에 입단할 거야!"

"흐이구~ 뿌로팀이 너 겉은 찌께기두 모셔 갈라구 돈 쌓 놓구 있다디?"

"내가 왜 찌꺼기야? 주전 선수감이라니까!"

"주전 슨수? 아하! 주전재루 물 떠날르는 주전 슨수?"

"할아버지~ 왜 이래애?"

인겸이는 비아냥거리는 할아버지에게 짜증나서 핏대를 올렸다. 인겸이가 화난 것을 알고 할아버지는 걱정스러운 눈으로 쳐다볼 뿐 더는 말하지 않았다.

할아버지에게 그렇게 큰소리쳤지만, 봉화중학교 축구

팀 주전 미드필더는 3학년 선배들이 차지하고 있었다. 인겸이는 할아버지가 말한 주전자로 물이나 나르는 주전자 선수처럼, 시합 때나 연습 때나 주전 선수들의 시중이나 들어주어야 했다. 감독 앞에서 실력 발휘를 하고 싶어도 초등학교 때와 다르게 힘도 기술도 부족했다. 두 편으로 나누어 실전 훈련을 할라치면 공을 쫓다가 힘이 다 빠졌다. 겨우 공을 잡게 되어도 다른 선수들보다 동작도 느리고 드리블도 안 되고 패스도 정확하지 못했다. 더구나 왼발잡이라서 오른발로 공을 차야 할 상황일 때마다 왼발로 바꿔 차려니 상대의 재빠른 태클에 걸렸다. 자신감이 떨어지고 축구를 그만두어야 할지 고민되었다. 그런 인겸이에게 사청 아저씨가 구원자로 나서 주었다.

아저씨의 이름은 마지국 씨인데 인겸이는 언제부터인지 그냥 사청 아저씨로 부르고 있다. 아저씨라기보다 할아버지라 해야 맞을 만큼 나이 차이가 많은데 아저씨가 할아버지보다는 아저씨로 불러야 좋다고 했다. 아저씨는 할아버지의 고향 상감마을의 위뜸인 사청에서 나고 자랐다. 할아버지와 비슷한 사정으로 고향을 떠나서 타향을 떠돌았다. 정착할 곳을 찾아온 곳이 이곳 할아버지가 있는 칠봉면 봉산리 당골 마을이었다. 고향 선후배끼리 한마을에서 만났으니 반가움이야 말할 것도 없이, 친형제처럼 서로 각별하고도 막역한 사이로 지내 왔다. 할아버지가 돌아가셨을 때도 누구보다도 슬퍼하신 사청 아저씨였다.

사청 아저씨는 인겸이가 축구한다는 말을 듣자 축구에 대해 여러 가지를 말해 주었다. 인겸이는 사청 아저씨가 저는 다리로 축구를 했다는 말이 믿어지지 않았었다. 그러나 의외로 축구에 대해 아는 것이 많았고 축구 용어나 훈련 방법도 정확했다. 시간이 지날수록 아저씨의 말씀에 빠져들며 모두 믿게 되었다. 그때부터 사청 아저씨는 중학교 내내 인겸이의 개인 트레이너 역할을 해 주었다. 그때 사청 아저씨가 해 준 말들이 고등학생이 된 지금까지 큰 힘이 되고 있다.

연습 경기 중 봉화중 축구부 선생께 못한다고 꾸지람을 들은 날이었다. 축 처져서 집에 돌아오는 인겸이를 보고 사청 아저씨가 한마디 했다.

"그냥 힘들어 허메 무슨 공을 찬다구? 축구는 체력과 지구력인디 전후반허구두 연장전까장 끝나더락 쌩쌩헐 만치는 돼야지. 낼 새벽부텀 한 번두 쉬지 말구 봉화산 봉화대까장 달려 올라갔다 와! 새벽마다 산을 오르내리메 운동허는게 지구력 보강으룬 최고여."

다음 날 새벽 사청 아저씨는 일부러 찾아와서 인겸이를 깨우고 함께 봉화산을 올랐다. 대낮에 동네 아이들과 몇 번 올라본 봉화산이다. 아저씨가 안내해 주지 않아도 다 아는 길이다. 더구나 다른 산처럼 우거지지도 않았고 듬성 듬성한 나무와 바위뿐이라서 길이 어둡지 않았다. 아저씨 는 달리는 인겸이의 걸음을 저는 다리로 놓치지 않고 따라 와 인겸이를 놀라게 했다. 그 바람에 봉화대까지 당도하는 데 한 번도 쉬지 않았다.

"여기 봉화대까장 35분 걸렸다. 내려가는 건 더 빠를겨, 다 합쳐서 한 시간쯤 걸리겄다. 날마다 여까장 쉬지 말구 달려서 올러왔다 가면 되겄어."

그날부터 봉화산 등산로가 인겸이의 지구력을 키우는 훈련장이 되었다. 새벽에 일찍 일어나기는 무엇보다 지겹 고 싫었다. 그렇지만 최고의 축구 선수가 되려면 아저씨의 말이라도 따라보자고 이를 악물고 일어났다. 아저씨는 개 인기 연습도 도와주었다.

"공은 타이밍여! 공 올 때 타이밍 증확허게 발을 대야 슛 도 증확허구 패스두 증확헌겨."라며 인겸이의 약점도 말해 주었다.

"잘 찰라면 말여 양쪽 발을 다 잘 쓰야 되여 오른발잽이인지 왼발잽이인지 몰를 정도루 두 발 다 잘 쓰야 드리블두 자유롭구 오떤 공두 증확허구 빠르게 받어 찰 수 있는 겨."

사청 아저씨의 말씀에 따라 중학교 1학년 내내 혼자 말 없이 기초 체력 훈련을 했다. 왼발잡이 소리를 벗어나려고 오른발 킥 연습도 집중적으로 했다. 봉화중학교와 붙어 있는 봉화고등학교의 농구 코트를 연습장으로 삼았다. 그때만 해도 봉화고등학교 체육관을 짓기 전이라서 야외에 고교 농구 코트가 있었다. 봉화고 농구 코트는 코트를 중심으로 원형의 계단식 관중석으로 되어 있어서, 공을 차면 공 주워 오기를 안 해도 저절로 가운데로 굴러 내려와 혼자 킥 연습하기 좋았다. 주말과 방과 후 한두 시간만 빼면 농구 코트는 늘 비어 있었다. 새벽에 지구력 강화를 위해 봉화산에 다녀와 서둘러서 일찍 등교하면 30분 이상 코트를 혼자 차지할 수 있었다. 그렇게 혼자 연습을 꾸준히 했더니, 1학년 가을부터 조금씩 달라진 축구 실력이 감독 코치의 눈에 들었던 것 같다. 중학교 2학년으로 올라갈 무렵부터는 다른 학교와 공식 시합이 있을 때마다, 시작부터 인겸이를 미드필더로 기용하고 끝날 때까지 교체하지 않았다. 또한 축구 천재라고 생각되는 장욱이의 공격 파트너로 인겸이를 세웠다. 날이 갈수록 인겸이와 장욱이의 호흡이 잘 맞았다. 장욱이의 활약에 봉화중학교가 좋은 성적을 내기 시작한 것도 그 무렵부터였다. 사청 아저씨의 축구에 대한 조언이 인겸이에게 큰 은혜였다.

지난 전국유소년축구대회 중학부에서 36개 팀이 치르는 예선을 통과하고 토너먼트로 이루어졌던 16강전이 인겸이의 기억에 가장 진하다. 축구 명문 중학교로 이름난 과송중학교와 붙었던 그날, 봉화중학교 축구팀에게 승리의 행운이 따라 주었다. 인겸이도 평소보다 몸도 더 날렵하고 볼 트래핑도 마음대로 되었던 날이었다.

전반전 초반에 수비하던 봉화중 김오제가 페널티 지역에서 과송중 공격수에게 깊은 태클로 파울을 하는 바람에 페널티킥으로 한 점을 내주었다. 오제는 만회하려는 마음이 앞서는지 무리한 오버랩과 롱슛을 남발하고 서두르는 전진 패스가 잦았다. 전반 내내 수세에 몰렸다. 만회 골을 터트리기엔 기적이 아니면 어려울 것 같았다.

전반전이 끝날 땐 사래고 선수들 사기가 땅에 떨어져 있었다. 팀원들의 사기에 따라 그 날의 승패가 달렸다고 해도 과언이 아니다. 나이 어린 팀일수록 실력보다 사기에 따라 경기 결과의 기복이 심하다. 감독과 코치는 사기를 되살리려고 선수들을 다독여 위로했다.

"자자! 우리 실력이면 한 골로 지는 것쯤은 후반전에 충분히 뒤집을 수 있어. 인겸아! 이제부터 너는 장욱이랑 공격만 해라. 그리고 오제야, 괜찮아. 수비하다 보면 그럴 수 있어. 네 잘못 아니니까 후반전도 계속 그렇게 하면 돼. 패스는 빨리하되 되도록 정확하게, 슛도 꼭 좋은 기회일 때만 해라. 대신 10번 아이 놓치지 말고 네가 그림자처럼 따라 붙어 전담 마크해."

후반전이 시작되고 무조건 공격만 하라는 감독의 특명이 인겸이를 신나게 했던가? 후반전에선 전반전에 비해 인겸이의 몸놀림이 훨씬 빠르고 가벼웠다. 반면에 상대 수비수들은 전반보다 지친 것 같았다. 봉화중 수비진이 앞으로 걷어 내는 공은 장욱이나 인겸이에게 집중되었다. 인겸이를 막는 상대 선수는 인겸이보다 키도 크고 다부진 선수였다. 정면으로 몸싸움하면 인겸이가 당해내기 어려웠다. 대신 상대보다 몸이 날렵한 인겸이는 상대가 밀어 오면 몸의 방향을 비틀어 상대를 무너뜨리고 볼을 차지했다. 때론 상대와 몸이 붙기 전에 논스톱으로 연결한 뒤 되받는 식으로 상대를 따돌렸다. 봉화중 팀의 플레이가 점점 살아났다. 그러나 좀처럼 만회골은 터지지 않았다. 몇 번의 좋은 슛이 있었지만 상대 골키퍼에게 모두 막혔다. 나이스 키퍼라고 골키퍼만 관중들의 박수갈채를 독차지했다. 후반 15분쯤엔 인겸이가 상대 골문 앞으로 띄워 준 공이 장욱의 머리에 닿았다.

"와우~!"

장욱의 머리에서 포알처럼 튕겨 나간 공은 관중들이 소리칠 만큼 아슬아슬하게 상대 골키퍼의 손을 맞고 골대를 빗겨 나갔다. 아까운 순간이었다. 서로 밀고 밀리며 시간만 자꾸 흘렀다. 마음이 조급해져 갈 무렵이었다. 오제가 깊숙이 찔러 넣어 준 공이 인겸이가 잡기 좋게 떨어졌다. 볼을 잡으려는 순간 최종 마크하는 상대 수비수가 뒤에 바짝 붙는 것이 느껴졌다. 인스텝 트랩하며 오른쪽으로 돌 것처럼 페인트하고 재빠르게 왼쪽으로 돌며 공을 빼냈다. 보기 좋게 상대 수비수가 뒤쪽으로 젖혀졌다. 과송중학교 골키퍼와 인겸이의 사이에 아무도 없는 상태가 되었다. 골키퍼가 각도를 좁히며 달려 나왔다. 그 순간 왼쪽 옆에서 질주하는 장욱이 보였다. 골키퍼가 슬라이딩 해 오도록 인겸이는 슛하는 척하고 장욱에게 패스했다. 인겸이의 페인트에 속은 골키퍼는 인겸이 앞으로 쓰러졌고 빠져나간 공은 장욱의 인사이드 킥에 닿았다.

"꼬오리인~!"

봉화중학교 대기석이 물기둥들처럼 끓어올랐다. 장욱이 두 팔을 높이 내두르며 펄쩍 뛰어 세리머니를 해댔다. 동점 골이 터지자 봉화중 팀의 사기가 높아졌다.

조금 유리해지긴 했지만 여전히 밀고 밀리며 추가 시간까지 다 흐르고 연장전으로 들어갔다. 양 팀의 선수들 대부분이 지쳐 있었다. 아직 기운이 남아 있는 선수는 교체된 선수 몇 빼곤 인겸이뿐이었다.

연장 후반전이 시작되고 얼마 되지 않아 봉화중 팀이 최고의 위기를 맞았다. 수비진이 잠깐 방심했던지 오버랩하다 공을 빼앗겼다. 수비수 하나 남은 봉화 진영에 과송중 공격수 셋이나 치고 들어갔다. 당황한 봉화 선수들이 단거리 선수처럼 달려도 빠른 상대 공격수들을 따라잡을 수 없었다. 하나 남은 수비수가 뒷걸음질하며 시간을 끌어 보려고 애썼지만 공은 골키퍼 앞의 공격수에게 넘겨지는 순간이 되었다. 그때 공이 갈 방향을 예측한 골키퍼가 몸을 날려 상대 발에 닿으려는 공을 덮쳤다. 상대 공격수와 골키퍼가 부딪쳐서 한 덩이 되고 공은 튕겨서 골라인 밖으로 나갔다. 다행이라고 생각하는 순간 상대 공격수와 충돌한 골키퍼가 일어나지 못했다. 갈빗대가 금이 간 큰 부상이었다. 봉화의 주전 골키퍼가 들것에 실려 나가고 후보 골키퍼로 교체되었다. 후보 골키퍼는 체구만 컸지 아직 1학년이라서 경험도 부족하고 실력도 주전 골키퍼에 비해 많이 부족했다. 연장전에서 끝내지 못하고 승부차기로 가면 봉화중학교가 훨씬 불리할 것이었다. 지친 봉화중 선수들은 다시 사기가 떨어졌다. 봉화중 코치가 선수들의 사기를 북돋으려고 손뼉을 치며 파이팅을 외쳐댔다.

　남은 연장전 시간은 3분, 추가 시간이 있다 해도 몇 분 남지 않은 상태였다. 양쪽 팀 선수들이 모두 지쳐서 어서 끝나기만 기다리는 듯이 볼 트랩도 잘 안 될 때였다. 상대 골에어리어 가까이에서 봉화중학교가 공격하던 공이 상대 수비수 발에 맞고 튕겨져 인겸이 앞으로 떨어졌다. 왼발로 슛하기 좋아 그대로 인스텝발리 슛을 했다. 발등에 정확히 감긴 공은 포탄처럼 강하게 상대 골 구석으로 꽂혔다. 골키퍼가 다이빙했지만 손보다 공이 빨랐다. 관중과 봉화중 벤치의 감독 코치와 선수들이 벌떡 일어나는 것이 보였다. 심장이 멎을 듯 흥분한 인겸이는 아무 소리도 들리지 않았다. 그냥 서서 두 주먹을 불끈 쳐들었다. 가장 먼저 장욱이 달려와 인겸이를 덮쳐 안았고 점점 무거워져 바닥으로 쓰러졌다. 그날의 감동을 생각하면 지금도 기분이 좋아진다.

8강에서는 부상당한 주전 골키퍼 대신 들어간 1학년 골키퍼와 수비진의 호흡이 잘 맞지 않았다. 결국 장욱이 두 골이나 터트리며 선전했지만 골키퍼와 수비 실책으로 네 골이나 내 주고 졌다. 그래도 전국유소년축구대회인 만큼 8강까지 올라간 것도 시골 학교로선 좋은 성적을 낸 것이다. 만약 팀이 준결승까지만 올라갔다면 인겸이도 장욱이처럼 고교 팀에게 직접 스카우트 될 수도 있었다.

소주를 조금 따라 입술에 음복한 다음 봉분에 뿌리고 궁금한 묘비명 내용을 보았다.

"애국 열사 천으윤 선생 - 조국의 하나됨과 민족의 앞날을 위해 한 줄기 빛으로 환결 변함없는 의지를 지켜 낸 그 장하신 삶을 마치시고 여기 고이 잠드시다. -"

비석 앞쪽의 묘비명 내용이었다.

"신념의 감자 천으윤 선생께서는 1932년 1월 5일 충남 양천시 북친면 상감리에서 태어나셨다. 일생을 분단된 조국 통일을 위해

강철 같은 의지로 활동하셨다. 민족을 사랑하는 마음이 지극하시고 양심에 따라 행동하시다 오랜 옥고를 치르셨다. 1954년 권순덕 여사를 만나 오섭 동섭 형제를 슬하에 두셨으며, 선생의 고귀한 뜻을 우리들에게 남기시고 2014년 6월 9일 고이 잠드셨다."

묘비명 내용이 시골 농사꾼인 할아버지에 비해 너무 거창하다. 비석 옆을 보니 평화 통일을 목적한다는 단체가 세운 것이었다. 언젠가 할아버지께서 말했던 단체다. 마을에서조차 인정받지 못하시던 할아버지였다, 그런 할아버지를 위해 단체에서 비석까지 세웠으니 의외였다. 물론 할아버지는 남과 북이 친해져 평화 통일 되기를 간절히 원했지만, 어떤 단체 활동도 그리 활발하게 하시진 않으신 거로 안다. 간혹 서울이나 읍내에 다녀오시는 일이 있었을 뿐이다. 인겸이가 보기엔 그냥 산골 농사꾼이었다. 그런 할아버지와 평화 통일 단체가 어떤 관계였기에 묘비를 세워 주었을까? 묘비명의 내용이 인겸이에겐 생소하고 서먹하다.

인겸이는 중학교 3학년 한 해 동안 부쩍 자랐다. 신지 못할 만큼 헤어지지 않은 축구화도 발에 작아서 한 해 세 번이나 새로 사야 했다. 할아버지는 어려운 형편에 인겸이

의 뒷바라지를 하시느라 고생이 많으셨다. 인겸이가 축구
하는 것을 반대하는 할아버지이기에 더 마음에 걸렸다. 꼭
프로 축구 선수가 되어 보답하자는 다짐 말고는 해 드릴
것이 없었다.

오히려 사래고등학교로 떠날 때 할아버지께 짜증을 냈
던 일이 몹시 후회된다. 할아버지는 기차역까지 따라와서
도 인겸이만 염려했다.

"나는 니가 예서 고등핵교 대니구 농사나 지메 살면 좋
겠다. 니 실력으루다 고등핵교 슨수나 지대루 허겄냐? 슨
수치구 체구두 쬐끄마니, 게다가 실력만으루는 안 되는 것
두 많을 텐디….”

할아버지가 인겸이와 헤어지는 아쉬움에 그냥 해 본 말
이라 생각했지만 듣기 싫었다.

"이런 산골 구석서 할아버지처럼 평생 가난하게 살라
고? 싫어! 설령 축구를 못 하게 되더라도 여기선 못 살아!”

인겸이의 대꾸는 짜증스럽고 불손했다. 할아버지가 하
고 싶은 축구를 못 하게 하려는 것도 싫었지만, 자신의 축
구 실력을 무시하는 말이 더 싫었다. 장욱이의 덤으로 묻
혀 가는 것도 자존심이 상했는데, 할아버지까지 자신을 무
시하는 건 더 참을 수 없었다. 축구 신동이란 소린 듣지 못

해도 나름대로 유망주 소린 듣는다고 자부하고 있었다.

"농사가 오때서 그려? 축구는 안 헤두 살수 있지면 농사꾼 읈으면 죄다 굶어 죽는겨!"

할아버지는 농사꾼이 세상에서 제일 훌륭한 직업이라는 말을 늘 해 왔다. 조선 시대나 천하지대본이라며 농사를 제일로 여기던 케케묵은 생각을 할아버지는 아직도 고집했다. 더구나 요즘 특용 작물을 한다거나 축산업을 하는 부농도 아니다. 그냥 가난할 수밖에 없는 옛날 논밭, 그것도 소작으로 짓는 농사다. 그런 농사를 가장 좋은 직업이라고 인겸이 귀에 귓밥이 되도록 해 온 말이다.

"할아버지처럼 욕심 없는 농사꾼을 누가 알아주기나 해? 농사꾼들조차도 할아버지를 좋은 농부라고 안 하잖아!"

인겸이의 목소리가 열띠며 높아지자 할아버지는 더 말하지 않았다. 기차가 들어오고 올라타는 인겸이에게 마지막 한마디 더 붙였다.

"연습헐 때랑 다치잖게 조심허구… 잘 허여."

아침부터 하고 또 하는 말이었다.

"알았어. 그 소리도 좀 그만해."

인겸이는 마지막 대답까지 짜증을 섞었다. 헤어질 때만

해도 할아버지를 떠나는 것이 좋았다. 집에 자주 다녀갈 수 있을지는 관심도 없었다. 그냥 오고 싶을 때 오면 될 것으로 생각했었다. 오로지 축구를 할 생각만으로 들떠 있었다. 할아버지는 인겸이를 태운 기차가 멀어질 때까지 보고 있었다.

도끼호테 할아버지

묘소 앞에서 생각에 잠겼던 인겸이는 어느새 흐느끼는 자신을 깨닫고 정신을 가다듬었다. 시간을 얼마나 보냈는지 해가 서산 쪽으로 많이 기울어 있다. 황망히 일어나 서둘러 내려오려다 할아버지만 두고 가는 것이 안타까워 묘소를 다시 둘러보았다. 산부추꽃이 눈에 띄었다. 마치 누가 시키기라도 한 것처럼 인겸이는 별 의식 없이 산부추꽃을 꺾어 들었다. 다섯 송이의 꽃은 보랏빛 불꽃을 발산하는 스파클라 같았다.

서쪽 비탈로 산밭을 끼고 돌아 한적한 오솔길을 내려오면 할아버지와 함께 살던 집이 나온다. 경운기가 다니는 길이 따로 있지만 남쪽으로 당골을 끼고 내려가니 집까지는 멀다. 마당에 막 들어서니 아무도 없는 빈집일 텐데 인기척이 있다. 순간 할아버지가 계신 것으로 착각을 할 뻔했다. 사청 아저씨였다.

"안녕하셨어요?"

"이잉 산소 댕겨오냐? 니가 오더라는 말 듣구서 발써부텀 지달렸다."

사청 아저씨는 성품이 급해서 머리를 들기도 전에 불쑥 묻고 대답했다. 그래서인지 늘 눈치도 말도 빠르다. 마루에 앉지도 않고 토방에 선 채로 인겸이를 기다리고 있었다.

"왜 기다리셨어요? 이따 뵈러 가려 했는데."

"니 얼굴 빨리 보구 싶기두 허구, 너헌티 챙겨 줄 것두 있구 혜서, 어여 올러온."

사청 아저씨는 사람이 살고 있는 집처럼 토방과 마당을 깔끔히 청소해 놓고 있었다. 할아버지 못지않게 검소한 사청 아저씨는 입는 옷이 늘 작업복이다. 낡은 면바지에 굵은 체크무늬의 대마남방 정도가 늘 입는 옷이다. 팔순 노인답지 않게 호리호리하니 근육질 몸매다. 젊은 때부터 오른쪽 무릎이 굳어진 뻗정다리로 약간의 보행 장애를 지니고 있다.

마당 한쪽에 있는 샘의 수도꼭지와 물이 반쯤 담긴 붉은 고동색 플라스틱 통이 늘 그대로다. 인겸이는 손에 든 산

33

부추꽃을 긴 손잡이가 있는 파란 바가지에 대강 담가 놓고 사청 아저씨가 앉은 마루로 올라갔다.

"집이구 땅이구 천씨네 종가와 종토라서 다 소용읎구, 돈 가치 될 만헌 건 작은아배가 챙겨 가구 나머지 너헌티 주라구 냉긴 건 불쏘시개배끼 읎는디 혹시 니가 챙길 거라두 있을지 물러서 여태 불 때지 않었다. 보구서 챙길 거 챙기구 불 때두 될 걸랑 아궁이 앞이다 내놔라."

사청 아저씨가 가리키는 안방을 들여다보았다. 방 윗목에 할아버지의 생활용품들이 가득 담긴 종이 상자 대여섯 개가 놓여 있다.

"이따 천천히 저 혼자 볼게요."

바가지에 담가 두었던 산부추꽃을 어찌할까 생각하다가 마루 밑에 뒹구는 소주병을 발견했다. 깨끗이 씻어서 물을 채우고 꽃을 꽂아 마루에 올려놓으니 그런대로 보기 좋았다. 혹시 밤에라도 화장실 가느라 오르내리다 발길에 채일까 싶어서 우선은 햇볕도 잘 닿지 않는 한갓진 구석에 놓았다. 내일 학교로 돌아가야겠지만 아침까지라도 꽃을 보려는 생각이었다.

"예서 잘라구? 혼저 적적헤서 오떻기 자? 우리 집이 가서 저녁 먹구 나랑 자자."

신발을 신으며 아저씨가 묻기도 하고 당부도 하는데 말이 빨라 무슨 말인지 알아듣기도 어려웠다. 마루에서 토방으로 내려서는데 아저씨의 몸이 흔들렸다. 흔들리는 몸을 다시 되돌아서며 말을 이었다.

"내가 예서 밥 해 주구 너랑 한치 자구 싶어두 해필 오늘이 조부님 기일여서 그런다."

쓸쓸하게 혼자 자지 말고 아저씨 댁에서 저녁 먹고 자라는 말임을 겨우 알아들었다.

"저는 괜찮아요. 여기서 제가 할 일도 있고요. 저녁도 김밥을 가져왔…."

"잉 그럼 아침이라두 우리 집서 먹구 가라 잉? 꼭!"

아저씨는 채 끝나기도 전에 인겸이의 말을 받았다.

"예."

마음이 내키지 않아서 건성으로 대답했다. 사청 아저씨는 빈집에 인겸이 혼자 두는 것이 걸리는지 자꾸 되돌아보았다. 늘 인겸이를 귀여워하고 아껴 주며 염려해 주는 아저씨다.

사청 아저씨가 돌아가자 인겸이는 아궁이에 불부터 지피려고 부엌 앞 헛간을 보았다. 불을 때는 아궁이가 지금까지 남은 집은 마을에서도 인겸이네밖에 없었다. 할아버지는 독특한 고집으로 온돌 난방을 해 왔다. 기름보일러가 있지만 기름이 남아 있을 리 없다. 할아버지는 초겨울쯤에야 기름을 반 드럼쯤 넣어 두고 겨울을 났다. 종일 불을 때야 할 만큼 몹시 추운 날만 기름보일러를 약하게 돌렸다. 그렇게 겨울을 날 동안 반 드럼의 기름은 알뜰히 떨어졌다. 할아버지는 도끼질을 누구보다 잘했다. 아름드리 통나무 토막도 도끼질 단 한 번에 뼈갰다. 이곳 와당골 사람들은 그런 할아버지를 '도끼호테'라고 불렀다. 도끼로 장작을 뼈개는 솜씨가 누구보다 좋고 도끼를 들고 일할 때가 많은 데다, 돈키호테처럼 독불장군으로 사람들과 잘 소통하지 않는다고 도끼와 돈키호테를 붙여 만든 별명이었다.

　인겸이는 그런 도끼호테 할아버지가 못마땅했다. 모두 깨끗하고 편리한 아파트에서 따듯한 물에 샤워하고, 전기밥솥으로 밥하고, 전자렌지로 조리하는 시대에, 조선 시대처럼 아궁이에 불 때고 사는 집이 어디 있을까? 창피하지도 않은지? 꼭 그렇게 살아야만 하는지? 그런 할아버지 때문에 인겸이 어머니도 아버지와 헤어졌을 거라고 억지를 부렸었다. 그러나 그런 할아버지였지만 자신을 세상에서 가장 사랑하고 이해해 준 가족이었고, 또 자신도 그 할아버지를 세상에서 가장 사랑하고, 이해해야만 될 가족이었다는 것을 뒤늦게 깨달았다. 할아버지와 떨어지는 것을 좋아하며 기차를 탔지만, 열흘도 못 되어 할아버지가 생각나고 집이 그리웠다. 합숙 생활이 재미있고 좋았지만, 할아버지가 보고 싶고 집에 가고 싶어서 참기 어려웠다. 중요한 대회나 끝나야 주는 휴가 기간마저도 다녀가기엔 너무 짧았다. 사래고등학교에 합류한 지 한 달을 넘기고서야 감독에게 사정해서 집에 다녀갈 수 있었다. 그나마 딱 하룻저녁 할아버지와 함께하고 다음 날 일찍 등교를 서둘러야 했다. 그럴 것을 알고 할아버지는 미리 준비했던 용돈을 인겸이에게 내놓았었다.

"이건 용돈인디 축구화두 새루 사구 보호대두 존거루다 사. 이왕 시작헌 거 넘헌티 주눅들지 말구 넘보담 더 열심히 허얀다. 다치지 말구."

30만 원이 든 봉투를 받았던 그때가 할아버지와의 마지막이었다. 그 30만 원을 다 사용하기도 전에 할아버지의 비보를 들었다. 처음엔 할아버지가 돌아가셨다는 것을 받아들이지 못해 눈물도 나오지 않았다. 너무 큰 충격이고 도저히 믿을 수 없었기 때문이었다. 잠깐 꾸는 꿈이라서 이내 현실로 되돌려질 것 같았다. 장례식이 끝나고 날이 갈수록 점점 못 견디게 할아버지가 그립다. 축구 연습에 몰입하다가도 갑자기 가슴이 먹먹하고 코끝이 찡해지곤 한다. 생전엔 별로 떠오르지 않던 할아버지께 할 이야깃거리가 종종 걷잡을 수 없이 떠오른다. 그때마다 이젠 영영 뵐 수 없다는 안타까움에 울컥하니 괴롭다. 어디든 혼자 있는 곳으로 가서 어린아이처럼 목놓아 울고 싶었던 때도 있었다.

헛간 한쪽에 장작이 꽉 채워져 있고 솔가리도 두 단이나 묶여 있다. 여름부터 겨울을 날 준비를 하고 있었다는 흔적이었다. 옛날엔 아무 산에나 가서 나무를 해다 불을 땠으나 지금은 나무도 사서 때야 한다. 솎아베기한 나무들이 산에 쌓여 썩어도 함부로 가져오면 나무 도둑이 된다. 산이 사유지면 임자에게 사야 하고 국유지면 산림청에 허락을 받아야 한다. 할아버지는 간벌하는 곳이 있으면 가서 경운기로 나무를 실어 날랐다. 간혹 얻어 올 때도 있지만 얼마를 주는지 몰라도 대부분 사 오는 거였다. 읍내에 김장 무나 배추 등을 경운기로 실어 가는 날이면 빈 경운기로 돌아오지 않았다. 제재소에 들러 버겁대나 톱밥, 대팻밥 같은 땔감을 얻어서 가득 싣고 오기도 했다.

불을 땔 만큼만 솔가리와 장작을 부엌으로 날랐다. 성냥골이 반쯤 빠진 큰 성냥갑이 부뚜막에 놓여 있다. 할아버지의 손때가 묻은 성냥갑이었다. 할아버지가 보여 준 대로 가마솥에 물을 반쯤 붓고 솔가리에 불을 지폈다. 마른 솔가리는 성냥불에 오래 견디지 못하고 이내 불꽃을 키웠다. 솔가리의 불이 굵은 나뭇가지에 붙여지자 마지막으로 장작을 올려놓고 일어났다. 앉아서 불 땔 때는 괜찮았는데 일어나니 연기에 눈이 매워서 밖으로 나왔다. 눈을 비비다 보니 코끝이 찡하고 또 눈물이 비어진다. 집 안 곳곳에 할아버지의 흔적뿐이다. 할아버지를 부르면 이내 대답하며 나타나실 것만 같다.

"할아버지!"

저절로 불러지다 또 울컥하니 눈물이 쏟아진다. 장례식 때도 나오지 않던 눈물이 푸른 남방의 앞섶을 더 진한 색으로 적신다. 어릴 때 엄마 아빠 없는 애라고 무시당하고 울며 집에 들어오면 할아버지는 "사내가 툭허면 눈물짜냐? 니가 눈물자루여? 왜 근디리기만 허면 새는겨? 오떤 일이 닥쳐두 의연허구 꿋꿋허야지! 시상 살라면 그깨잇 것보다두 더 억울허구 더 괴롭구 어려운 일두 많이 만날 텐디 그때마다 울쳐? 운다구 해결 되남?" 하며 꾸중했었다. 지금도 할아버지가 야단치는 소리가 들리는 듯하다. 그래도 그 할아버지가 그리워서 눈물을 멈출 수가 없다. 꾸중을 얼마든지 들어도 좋으니 살아오셨으면 좋겠다.

혼자 실컷 울고 나서인지 가슴이 후련하다. 뒤꼍으로 집을 한 바퀴 돌아보고 나니 가마솥이 뚜껑 밖으로 땀을 흘리고 김도 뿜어낸다. 배낭에 삼각김밥이 들어 있지만 먹고 싶은 마음이 없다. 그냥 잠자리에 요나 깔아 두려고 방으로 들어갔다. 방바닥에 손을 대 보니 미지근하게 온기가 올라오고 있다. 요를 깔기 전에 할아버지 유품부터 치워야겠다. 먼지투성이인 유품을 두고 잠자리를 할 수 없었다.

유품은 책이 절반이 넘었다. 할아버지가 늘 소장하고 읽던 책이들다. 사르트르, 볼테르, 칸트, 니체, 헤겔, 마르크스, 레닌, 루소, 논어 등 몇 권의 철학 서적을 빼고 나머지는 도스토예프스키, 톨스토이, 셰익스피어, 헤밍웨이, 카프카, 펄벅, 생떽쥐베리 등등 세계 문학 책과 한용운, 윤동주, 이육사, 신동엽, 김남주, 고정희, 김수영, 등등 시집 수십 권과 이광수, 심훈, 현진건, 이효석, 홍명희의 임꺽정 등 고전과 조정래의 남부군 태백산맥, 박태순의 나의 국토 나의 산하, 현기영의 순이 삼촌, 남정현의 분지, 황석영의 삼포 가는 길, 이문구의 관촌수필 같은 소설책들이 대부분이었다. 한때 문학을 하려고 했었다는 할아버지의 말씀이 어렴풋이 생각난다.

책들 사이에 할아버지가 직접 묶은 것으로 보이는 책들이 있었다. 얇은 한지로 묶은 것부터 갱지로 묶은 것, 습자지나 양지로 묶은 것도 있었다. 모두 고서적 엮듯이 노끈으로 묶은 책들이었다. 하나를 들어 펼쳐 보니 할아버지의 일기장이었다. 할아버지가 일기를 쓰는 것을 알았지만 꽤 젊어서부터 일기를 써 왔다는 것을 이제 알았다. 한 권한 권을 펼쳐 보니 옥중일기도 있었고, 이곳에 오기 전부터 지금까지 살아온 이야기를 거의 빠뜨리지 않고 기록해놓은 일기였다. 일기장에 따라 다소 차이가 나지만 대부분 동화나 소설식으로 써 놓은 것들이 많았다. 어쩌면 자서전이라도 쓰려고 그런 방식으로 적었을 것 같기도 하다. 어떻게 20년 형의 장기수가 되셨는지? 일기장을 통해 할아버지의 삶을 알고 싶어졌다.

20년 형 중 5년을 수감하고 가석방된 도윤은 할 만한 직업이 없어서 전전긍긍했다. 박정희 정권은 경제 정책으로 건설업을 활성화하고 있었다. 이에 중기나 대형 트럭 운전기사가 부족하다는 정보를 듣고 도윤도 운전면허를 취득하기로 했다. 그러나 2년 이상 소형 면허를 소지하고 벌점이 없어야 대형, 중기 면허 시험을 볼 자격이 주어졌다. 우

선 소형 면허부터 취득하려고 운전학원에 등록했다. 만만
찮은 등록비와 수강비는 순덕이 주는 대로 모아 둔 용돈을
털어서 댈 수 있었다. 노가다 등 날일을 다니며 운전학원
다니느라고 면허증 따기까지 3개월이나 걸렸다. 면허증
을 활용할 직업을 찾으려고 구인 광고나 신문 광고를 열심
히 찾아보았다. 택시 운전은 경험 없고 나이 많은 초보 운
전자를 받아 줄 회사가 없었다. 자가용 운전 자리를 구할
수 있다면 좋은데 그런 자리는 중간에서 이어 줄 사람 줄
이 있어야 가능했다. 고작 통성명조차도 제대로 못 한 채,
함께 막벌이를 하던 건설 현장 십장이 도윤에게 유일한 줄
이었다. 말하기 쉽지 않아서 긴장하고 진지한 표준 말씨로
입을 열었다.

"십장님, 자가용 운전수 구하는 데 어디 없을까요? 있으
면 좀 소개해 주쇼."

"자가용 운전수 같은 소리하고 있으시네. 노가다나 열심
히 하세요! 자가용 운전수는 면허만 있으면 아무나 할 수
있는 줄 알아요? 자가용 주인이 믿어 줄 만한 사람이어야
되고 사고가 생기면 대신 책임져 줄 보증인을 세우는 사람
이어야 채용해요. 더구나 경험 없는 초짜 운전수에게 누가
비싼 자가용을 맡기겠어요?"

십장의 핀잔에 넉살을 부려야 어색하지 않을 것 같아 충청도 말씨를 섞었다.

"그러니께 십장님헌티 부탁디리는 거 아뉴."

"내가 그럴 힘 있으면 여기서 이 짓하며 살까요?"

천도윤 또래의 십장은 이마를 치켜 올려 눈을 크게 뜨고 핀잔하듯이 말했다. 십장의 말이 옳았다. 그만큼 자신이 물정 모르는 아둔패기였다. 돈 들이고 애써서 딴 운전 면허증이 무용지물이란 말인가? 헛된 짓을 했다고 후회했다.

"그러지 말고 한 2년 있다가 대형 면허 따서 트럭 운전이나 해 봐요. 건설회사 많아지면 운전수 부족해서 난리일 텐데."

십장은 시무룩한 천도윤이 안 돼 보였던지 위로하듯이 말했다. 그러나 천도윤은 말 없이 고개만 끄덕였다. 대형 운전수가 아무리 절실한 회사라 해도 경험 없는 자를 채용하리란 기대는 애초부터 하지 않는 것이 현명할 것이다. 대형 면허 따느라고 괜한 고생에 돈 없애는 짓이 될 게 뻔했다. 할 수 없이 좋은 일자리가 생길 때까진 날일이나 해야 했다.

여기까지 일기를 읽어 본 인겸이는 할아버지의 고생이 상상보다 많았겠다고 생각되었다. 할머니와 할아버지의 대화 중에 할아버지가 20년이란 긴 옥살이를 했다는 이야기를 들었다. 옥살이 한 일이 부끄러워서 남들이 알까 두려울 텐데, 할아버지는 누가 알든 모르든 상관없이 대했다. 무슨 잘못이었는지 옥살이한 까닭이 몹시 궁금해졌다. 어쩌면 묘비를 세워 준 단체와 관련이 있을 것이라는 생각이 들었다. 나머지 일기장도 다 읽어 보려고 모두 챙겨서 보자기에 쌓아 배낭에 넣었다. 등산용 큰 배낭이 잔뜩 부풀고 묵직해졌다. 쓸 만하거나 보존하고 싶은 유품들은 따로 챙겨 포장해서 사청 아저씨 댁에 맡기기로 했다. 군대까지 마치고 머물 공간을 마련하려면 10년은 맡겨야 할 것 같다.

유품 상자들을 차례로 열어 하나하나 살펴보았다. 첫 번째 상자에서 가족들의 사진이 나왔다. 할머니와 할아버지의 생전 모습과 아버지와 함께 찍은 인겸이 사진도 있었다. 엄마와 함께 온 가족이 찍었던 인겸이 아기 적 사진은 할아버지가 없앴는지 보이지 않았다. 엄마 사진은 단 한 장도 남기지 않고 없앤 것 같았다. 사진들 사이에 색이 누렇게 바랜 아기 사진이 한 장 있었다. 처음 보는 사진인데 할아버지가 따로 보관하고 있었던 것 같다. 백일 기념 사진으로 보이는데 아기가 혼자 도령한복 차림으로 앉아 있다. 인겸이 사진이라 해도 될 만큼 많이 닮아 보이는 아기였다. 배경부터 아주 오래된 사진이라 아버지의 아기 때인 것 같다. 사진 뒤편에 할아버지 글씨로 '천요섭'이란 아버지의 이름이 적혀 있다. 아버지의 백일 기념 사진이었다. 아버지는 마흔여섯에 결혼하고 마흔일곱에 인겸이를 낳았다. 당골에서 아버지와 나이가 비슷한 부녀회장의 손자와 손녀들이 인겸이 또래다. 그래서 인겸이도 또래들 따라 그들을 할아버지와 할머니로 부른다. 그러므로 인겸이가 17살이니 60년이 넘은 사진이다. 아버지 사진을 포함해 사진 몇 장도 챙겨서 일기장 갈피 속에 끼워 넣었다.

두 번째 상자를 열자 눈에 익은 라디오가 나왔다. 주파수 눈금과 바늘이 희미하게 보일 만큼 낡은 라디오다. 할아버지는 늘 라디오 방송을 들었다. 밖에서 일할 때도 라디오를 가지고 나가 방송을 들으며 일했다. 라디오를 켜보니 지지직거리며 방송이 잡힌다. 매달린 배터리에 전기가 남은 것을 보니 돌아가시던 날까지도 라디오 방송을 들으셨나 보다. 인겸이를 위해 사 놓은 컬러 텔레비전이 있어도 늘 라디오 방송을 들어 온 할아버지다. 벽걸이 텔레비전 시대에 낡은 라디오를 버리지 않고 방송을 들어 오신 까닭이 무엇일까? 특별한 이유라도 있으실까? 라디오를 보존해야 할 것 같아서 챙겨 두는 목록에 넣었다.

　라디오 다음으로 눈에 띈 것이 효자손이다. 인겸이가 초등학교 6학년 때 수학여행을 다녀온 기념으로 할아버지께 선물했던 것이다. 손잡이가 까맣게 반들반들해져 있다. 이 효자손을 선물하기 전엔, 알맹이를 빼먹고 말린 옥수수 꾸러미를 설대에 꿰어서 등 긁개로 사용하고 있었다. 혼자 사는 할아버지에게 등을 긁는 것이 꼭 필요한데, 효자손조차도 자급자족했다. 아무리 가난하다 해도 몇 천 원짜리 하나 장만할 수 없을 정도는 아니었다. 그러니 동네 사람들조차 할아버지를 괴팍하고 이상한 사람으로 취급했을 것이다. 동네에서 할아버지와 상대해 주는 사람이 많지 않았다. 이장과 부녀회장이 할아버지 또래의 노인이니 상대해주었다. 또 청년회장과 우체국 집배원, 농협은행원인 아줌마까지 가끔 소통했다. 그들 말고는 사청 아저씨가 할아버지의 최고 말벗이었다. 그나마 사청 아저씨 빼고 모두 공무적인 일로 할아버지를 상대할 뿐이었다. 그래서 마을에 대한 정보는 모두 사청 아저씨에게 얻어들어야 알 수 있었다. 마을에 초상이 난다 해도 사청 아저씨가 전하지 않으면, 시기를 넘겨서 문상도 못 할 정도로 마을 사람들은 할아버지를 멀리했다. 할아버지 집과 동네가 떨어진 탓도 있겠지만, 무슨 까닭인지 마을 사람들이 일부러 할아버지와 마주하지 않으려던 것이 인겸이 눈에도 보였다. 아이들도 어른들과 함께 있을 땐 어른들의 눈치를 보며 인겸이를 대했다. 그때마다 좋았던 기분도 수꿀해지곤 했었다.

효자손 다음으로는 화로와 부젓가락이다. 할아버지에게 어울리지 않을 만큼 크기가 아담한 검은 무쇠 화로는 부젓가락과 함께 고풍이 서려 있다. 겨울 동안 불잉걸을 담아 방안에 두고 언 손을 녹이던 생각이 난다. 불잉걸에 묻어서 잘 구워 낸 고소한 군밤이나 달콤한 군고구마를 뜨거워서 호호 불며 껍질을 벗겨 주던 할아버지 모습도 떠오른다. 화로의 가장자리나 부젓가락의 손잡이가 반들반들하니 할아버지의 손때가 배어 있다. 할아버지가 아무리 보고 싶어도 이젠 울지 않으리라는 결심을 지키기 위해서, 인겸이는 지금까지의 감정에 대해 냉정해지려고 애썼다. 그러다 그만 울컥하더니 또 뜨거운 눈물이 비어져 볼을 타고 흐른다.

지치도록 울고 난 인겸이는 이젠 다시는 울지 않기 위해 감정을 억제하며 딴생각을 떠올려 보았다. 이젠 더 이상 할아버지의 유품을 살피지 않을 생각이었다. 다만 할아버지의 삶 전체가 담긴 일기만은 꼭 다 읽어 보리라고 다짐했다.

아침에 일어나자 사청 아저씨 댁으로 갔다. 아침을 먹기 위해라기보다 아저씨에게 맡겨 둘 유품들도 있고 할아버지와 작은아버지에 대해 여쭐 말이 있어서였다. 할아버지께서 젊었을 적에 유명 화가로부터 받았다는 그림이 두 폭 있었으나 작은아버지가 할아버지 할머니의 영정 사진과 함께 가져갔다. 인겸이 몫으로 남긴 아버지 영정 사진과 할아버지의 작은 벼루와 녹슨 화로, 책 등은 없앨 수 없는 것들인데 따로 둘 데가 없었다. 왜 그러는지는 모르지만 작은아버지는 아주 오래전부터 아버지와 인겸이를 혈육이 아닌 남으로 여겨 왔다. 작은아버지가 낳은 사촌 성겸이가 인겸이에겐 단 하나뿐인 형이지만 서로 얼굴도 잘 모르고 있다. 인겸이가 유치원일 때 두어 번 보았지만 그때 얼굴마저도 기억에 어렴풋하다. 할아버지는 아버지와 인겸이를 남으로 여기는 작은아버지를 용납하지 않았다. 부자간이지만 작은아버지의 그러한 점 때문에 멀어진 거로 생각되었다.

"안녕하세요."

"어서 오너라, 방도 넓은데 우리 집서 자지 왜 게서 혼자 잤어? 춥지 않았니?"

인겸이를 반갑게 맞아 주는 아주머니였다. 딸과 함께 서
울에서 지낸다는 아주머니가 제사 때문에 내려온 것임을
짐작할 수 있었다. 사청 아저씨 가족은 아주머니와 중학교
2학년 딸 주선이가 전부다. 주선이는 학년은 2년 아래지
만 실제 나이는 인겸이보다 한 살 적다. 성이 마씨에다 이
름이 주선이라서 어렸을 적에 누구랑 마주 섰냐고 많이 놀
려 댔었다. 초등학교 때만 해도 놀릴 때마다 약이 올라 씩
씩거리며 인겸이에게 달려들었었다. 중학생이 되고 나서
부턴 다른 아이가 놀릴 때와 다르게 인겸이가 놀리면 생글
거리며 좋아했다. 아무래도 인겸이를 좋아하고 있는 눈치
라서 그때부터는 함부로 놀릴 수 없었다. 아주머니는 공부
잘하는 주선이를 서울로 전학시켰다. 아주머니는 서울에
서 아예 직장을 잡고 딸과 함께 지내며 한두 달에 한 번씩
아저씨에게 다녀간다. 그도 부족해 요즘은 해외로 유학시
키고 따라가겠다고 한다니, 혼자 지내는 아저씨의 고민이
큰 것 같다. 가족 간의 생이별이 그리도 좋다는 것인지?
행복하려고 교육받는 것이라면, 경쟁을 위한 교육보다 사
람과의 아름다운 관계를 위한 교육이어야 할 것이라고, 아
저씨는 주선이의 유학을 반대했다.
　　사청 아저씨 댁은 입식으로 지은 방 세 칸짜리 단독 주

택이다. 거실과 주방이 붙어서 실제 평수보다 넓어 보이고 출입문도 창문들도 넓고 크게 낸 현대식 기와집이다.

인겸이는 가져온 책 몇 권과 녹슨 화로, 벼루 등을 대청에 내려놓았다.

"아저씨 댁도 둘 데가 마땅치 않을 텐데 어쩌죠?"

"우리 다락 넓구두 텅 볐다. 걱정일랑 아궁이다 던졌뻐려라. 난 너를 남으루 생각 안 헌다. 이저부턴 내가 니 할애비구 아버지여. 뭐던지 필요허면 나헌티 먼처 말혀여 알겠냐?"

인겸이는 자신이 축구로 성공하면 고마운 사청 아저씨에게 꼭 은혜를 갚으리라고 생각했다. 제사 지낸 뒤라서인지 생각보다 반찬이 많아 밥이 더 맛있었다. 저녁도 굶었던 터라 염치없이 두 공기나 뚝딱 먹어 치웠다. 밥 먹는 인겸이를 사청 아저씨가 흐뭇한 눈으로 바라보고 있었다.

사래고교 축구팀으로

사래고등학교는 축구 명문 고교답게 급식소와 붙은 건물을 기숙사로 개조해 사용했다. 개조한 기숙사는 40명까지 생활할 수 있는 규모로, 축구팀 합숙소로도 사용하기에 충분했다. 축구 선수가 아닌 일반 기숙생은 작은 방 하나만 사용하는 네 명뿐이었다. 나머지는 축구부에서 스카우트한 선수나 영입한 코치진이 거의 차지하고 있었다. 제일 큰 방 하나에는 2층 침대를 양쪽으로 4대씩 놓았으니 16명이 함께 사용하게 되어 있었다. 그다음 큰 둘째 방도 2층 침대 네 대로 채워 8인용으로 해 놓고 그 둘째 방까지 모두 24명의 선수가 사용했다. 나머지 작은 방 두 개는 4인용인데 하나는 일반 기숙생들이 사용했다. 하나는 길고 낮은 탁자를 가운데 두고 양편으로 네 명씩 앉을 수 있는 소파를 놓았다. 또 그 양쪽 끝에 일인용 소파를 놓아 열 명이 앉을 수 있도록 되어 있다. 그리고 그 안쪽 구석에 둥글고 파란 플라스틱 의자가 탑처럼 포개져 있다. 회의실 겸 잠시 휴식 등 다용도 방이라 했다. 또 제일 작은 두 개의 방 중 하나는 코치진이 사용하고 남은 방은 침대 하나에 사무용 탁상과 의자가 있고 합숙할 땐 감독이 머물거나 의무진이나 주무진이 필요할 때만 사용했다. 봉화중학교에서 하던 축구 수준하고는 하늘과 땅 차이만큼이나 크게 느껴졌다. 그렇게 좋은 시설에서 합숙 훈련하며 다진 실력으로 전국청소년축구대회에서 여러 번 우승할 수 있었던 거였다.

봉화중학교에서 온 오제와 인겸이, 장욱이는 적응하기까지 무척이나 힘들었다. 장욱이는 중학교 때 골을 잘 넣는 축구 천재 소리를 들었지만 고등학교엔 장욱이보다 더 잘하는 선수들이 많았다. 봉화중학교 아이들처럼 미리 데려온 중학생들이 다섯 명이나 더 있었다. 그중에 장욱이와 같은 유망주를 데려오는 조건으로 인겸이와 오제처럼 붙어 온 아이는 단 한 명뿐이었다. 3학년이 일곱 명이나 졸업하고 나가니 그에 대비한 충원이었다. 그들은 해마다 사래고에 여러 명의 유망한 선수를 보내는 축구 명문 중학교 출신이었다. 그 중학교 출신의 선배들이 사래고 팀에 잔뜩 있었다. 그 선배들은 자기 모교에서 데려온 후배를 편애하고 선배가 없는 봉화중학교 출신인 셋은 본체만체했다. 오히려 오제와 인겸이, 장욱이 셋을 시골에서 왔다고 무시하고 따돌리는 분위기였다. 한 팀원으로 서로 친해야만 경기할 때 호흡도 맞고 경기도 잘 풀어질 것이다. 그러나 감독과 코치진은 선배들에게 신입생을 잘 가르쳐 주라는 당부만으로 맡겨 버렸다. 처음 대하는 사래고 축구부 선배들은 하다못해 합숙소 방 배정부터 샤워실과 화장실에 대한 안내도 해 주지 않았다. 눈치껏 알아서 하라는 뜻이었지만 봉화중학교에서 온 세 친구는 그곳의 생활 방식을 아는 바 없으니 당연히 실수 연발이었다. 그 첫 번째 실수는 샤워 때문에 일어났다. 샤워실은 여럿이 한꺼번에 사용할 수 있도록 되어 있었다.

여름은 한풀 꺾였어도 9월의 한낮은 볕이 매우 뜨거웠다. 그 땡볕 속에서 운동하고 나면 당연히 샤워를 하게 된다. 감독과 코치진이 먼저 하고 나서 3학년 선배들부터 차례로 선수들이 다 한 후 마지막으로 중학생들이 해야 되는 거였다. 그것을 모르는 봉화 출신 세 명은 운동이 끝나자마자 옷을 홀홀 벗어 들고 샤워실로 달려갔다. 셋이 즐겁게 시원한 물을 뿌리며 시시덕거리고 있을 때 샤워실 문이 활딱 열어젖혀졌다. 구월부터 사래고 팀 주장을 맡은 2학년 이영찬이란 선수였다.

"이 자식들 봐라? 건방진 녀석들. 감독님도 아직 안 하셨는데 니들이 뭔데 먼저 하는 거야? 엉? 어디서 그따위로 배워 먹었어? 중학교에서 그렇게 배웠냐?"

장욱이도 오제도 벌거벗은 채 멍하니 서서 꼼짝도 못 하고 지청구를 듣고 있었다. 인겸이는 넓고 큰 샤워실인데 왜 그렇게 순서대로 샤워를 해야 하는지 이해할 수 없었다. 그러나 따져 볼 상황이 아닌 것 같아 입을 다물었다.

"니드을, 팀원들 샤워할 때까지 샤워실 앞에 벌거벗은 채 꼼짝 말고 손들고 서 있어!"

이영찬은 현재 우리나라 유소년 대표 선수다. 감독의 총애를 독차지하고 있는 주장의 말을 3학년 선배들도 어길 생각을 못 한다. 셋은 오그라든 불알과 보송한 거웃을 드러낸 채 한 20분 동안 부끄러운 벌을 서야 했다. 감독 코치와 3학년까진 꼴사나운 세 벌거숭이를 본체만체해 주었다. 그런데 학년이 낮은 아이들일수록 킥킥거리며 비웃거나 조롱했다. 인겸이는 명백한 인권 침해며 성희롱에 속한다고 생각했다. 끝나고 교장실에 항의하러 가야 할지 고민을 해 봐야겠다.

"야~! 이 무슨 퍼포먼스야? 애들 축구만 하는 줄 알았더니 행위 예술도 하네~!"

큰 소리로 비아냥거리는 것은 인겸이와 같은 또래인 오기찬이다.

"꺼져~ 이게, 죽고 싶나."

심기가 몹시 상해 있던 장욱이 참지 못하고 으르렁거렸다. 다행이 오기찬은 으르렁대는 장욱을 잔뜩 노려볼 뿐 아무 대꾸도 않고 샤워실로 들어갔다. 오기찬은 오기만과 함께 지난번 전국유소년축구선수권대회에서 우승한 경창중학교의 쌍둥이 선수다. 사래고에 처음 오던 날부터 셋을 멸시하는 눈총을 보이던 아이들이다.

"애고~ 앞으로 삼 년 동안 저것들하고 발을 맞추어 축구를 해야 한다니 눈앞이 캄캄하다."

김오제도 오기찬에게 몹시 불쾌했던지 투덜거렸다. 장욱은 노골적으로 불만을 터뜨렸다.

"에잇 씨, 나 이 학교 선수 안 하고 딴 데로 갈 거다. 뭐 이딴 학교가 다 있어? 이런 학교 아니어도 나를 오라는 데가 많아!"

"그래 맞아 확 때려치우자."

오제가 생각 없이 동조하고 나섰다. 만약 장욱이 이 학교를 그만두면 자신과 인겸이는 갈 곳이 없어지게 된다는 것을 오제는 생각 못 하고 있었다. 그 사정을 먼저 생각한 인겸이는 반대 의견을 말할 수밖에 없었다.

"나도 화가 나지만 이대로 물러나는 것은 왠지 패배한 것 같아서 싫다."

"그럼 이런 대접을 받으며 이 학교에서 축구를 하잔 말이냐?"

장욱이 화난 얼굴을 인겸이에게 바짝 들이댔다. 인겸이는 똑같이 인상을 구기며 '너만 축구할거냐?'고 대들고 싶지만 참았다. 오제와 인겸이는 장욱에게 결코 도움이 되질 못하기 때문이다. 둘만 딸리지 않았다면 더 좋은 학교로 갈 수 있었을 것이다. 고맙게도 장욱이는 말을 그렇게 하면서도 벌서는 것을 중단하지 않았다.

마지막으로 중학생들이 샤워실로 들어가자, 셋을 벌세운 것이 그리도 즐거운지 이영찬이 싱글거리며 다가왔다.

"짜식들, 어서 들어가 샤워 해!"

"쳇! 제길! 이제 와서 인심 쓰는 척하네."

인겸이는 처음이라서 모르고 그런 것이란 점에서 억울했다. 선배들이 잘 가르쳐 주었다면 그런 일을 하라 했어도 못 했을 것이다. 타이르고 눈감아 주진 못하고 오히려 신체적 가혹 행위로 망신을 준 이영찬이 미웠다. 아무래도 교장실로 가야 분이 풀릴 것 같다. 입을 퉁퉁 부은 것처럼 내밀고 샤워실로 들어갔다. 오기찬과 더불어 미리 들어와 있던 중학생들이 서로 몸에 비누칠해 주고 웃고 장난치고 있다. 기분을 잡친 인겸이와 오제와 장욱은 전혀 장난치고 싶지가 않아 묵묵히 구석 쪽에 있는 샤워기 아래 섰다. 그때 샤워하고 나간 1학년들이 다시 발가벗고 들어왔다. 무슨 짓인가 싶어서 봉화중의 셋은 그들을 멀뚱히 쳐다봤다.

"니들 왜 쳐다봐. 엉?"

1학년 중 하나가 인겸이에게 물을 끼얹으며 또 시비다. 일 년 차이라지만 고등학생과 중학생은 그 격이 뚜렷하다. 함부로 반항할 수도 없었다. 고등학생들이 싱글거리며 중학생들에게 우루루 달라붙어서 물 뿌리고 비누칠하며 간지럼 태우고 머리 감기고 난리다. 그때 또 샤워실 문이 활짝 열렸다. 이번엔 이영찬을 비롯한 2학년들이 벌거벗고 다 들어왔다. 인겸이와 장욱이와 오제는 어리벙벙하게 서서 '이 또 무슨 일인가?' 하고 생각해 보았다. 2학년도 또 1학년과 합세하여 새로 들어온 중학생들에게 달라붙어 몸에 비누칠하고 몸을 매만졌다. 인겸이는 선배들이 무슨 벌을 주려고 그러는지 속으로 겁도 나지만 비누질하는 손들이 간지러워서 웃어야 했다. 오재는 간지럼을 많이 타는지 자지러지게 웃으며 몸을 비틀다가 옹송그리며 난리다. 장욱과 인겸이는 기분 나쁜 표정을 짓고 두 손으로 불알을 감싸 쥔 채 그냥 몸을 틀어댔다. 그때 또 3학년들이 문을 열고 벌거벗고 우르르 들어오며 소리쳤다.

"니들끼리만 무슨 짓거리냐! 우리도 같이 하자아~!"

3학년도 1, 2학년과 함께 어울려서 샤워용 세재 거품을 내며 칠해 주고 있다. 누가 선배고 누가 후배고 따짐 없이 뒤섞여 서로 칠해 주며 웃고 떠들고 신나게 장난했다. 그제야 장욱도 웃으며 물비누를 손에 가득 따라서 오기만의 머리에 붓고 박박 문대 주고 등이고 가슴이고 문질러 댄다.

"우린 빼놓고 니들만 놀거냐~!"

인겸이는 화들짝 놀랐다. 감독 코치진까지 팬티도 안 입고 들어와서 비누질을 해 주며 함께 샤워를 해댔다. 예상하지 못했던 광경에 인겸이와 장욱이, 오재 셋은 물론 중학생들까지 어벙하게 보고 있었다. 이영찬이 인겸이 엉덩이를 찰싹 때렸다.

"뭘 봐 임마! 얼른 함께 비누질해 줘야지."

깜짝 놀란 인겸이는 얼른 이영찬의 등을 비누칠하며 닦

아 주었다. 닦으며 생각해 보니 벌거벗고 벌을 설 땐 부끄러웠지만 이젠 아무렇지도 않다는 것을 깨달았다. 모두 벌거벗고 있기 때문이었다.

'모두 안 하는데 나만 해도 부끄럽지만 모두 하는데 나만 안 해도 부끄럽다. 그러나 누군가 꼭 나서서 해야 할 일인데 남이 안 한다고 나도 안 하는 것이 제일 부끄러운 짓이다. 부끄러워도 참고 꼭 해야 할 일이 있을 때가 있다.'고 하시던 할아버지의 말씀이 떠올랐다. 그것으로 교장실 가는 것은 포기할 수 있었다.

샤워를 끝내고 기숙사 회의실에 모였다. 인원이 너무 많아 저학년들은 대부분 서 있어도 방 안에 빼곡하게 찼다. 감독이 진지한 표정으로 나서자 웅성거리던 소리가 조용해졌다.

"자! 주목하고 잘 들어라! 방금 우리가 샤워를 하며 서로 볼 것 다 봤다. 각각 나고 자란 곳이 다르고 혈액형이 다르고 성격이 다르고 생김새가 달라도 한 지붕 아래 자고 한 솥밥 먹으며 볼 것 다 본 사이면 가족이다. 가족이란 남과 거래하듯이 할 만큼만 하는 것이 아니다. 서로를 위해 끝까지 최선을 다해야 하는 것이 가족이다. 서로의 마음을 알아주고 돕고 양보하고 자기와 많이 달라도 이해해 주고 함께 살아가는 것이 가족이란 말이다. 자신과 다른 성격, 다른 형편을 이해할 때 진정한 가족으로서의 자격을 갖추는 것이다. 선후배의 학연 지연 따지지 말고 오늘부터 우리는 새로 맺어진 가족으로 살아간다. 무슨 말인지 알겠나?"

"예."

몇몇이 크지 않은 소리로 대답했다.

"대답 소리가 작은 것을 보니 잘 이해 못 했나보구나. 그러나 나는 강압적으로 이해를 시키지 않겠다. 이해 못 한 사람은 앞으로 선배들에게 차차 배우며 간다."

감독은 말을 끝내고 휙 나가 버렸다. 인겸이는 무슨 말인지 충분히 알아들었다. 그보다 더 어려운 할아버지의 말씀을 들으며 살아온 인겸이다. 또 할아버지가 꼭 읽으라는 동화책과 소설책 말고도 신문을 자주 읽어서 웬만큼 어려운 낱말과 문장은 다 이해할 수 있다. 할아버지는 '운동도 지식을 가져야 더 잘하게 되어 있다'며 인겸이에게 읽기를 권했었다.

감독이 나가자 부감독 겸 전술 코치가 보충 설명을 하겠다고 나섰다.

"감독님 말씀을 한마디로 요약하면, 우리 모두가 가족과 같은 사이가 되어야 축구의 팀플레이가 제대로 살아난다는 말씀이다. 아무리 축구를 잘해도 팀원과 협력하지 못하는 선수는 자신의 실력도 다 발휘 못 하고, 팀이 승리하는 데 별 도움이 되지 못한다는 뜻이다. 이해 못 하는 것은 누구라도 내게 와서 묻기 바란다."

전술 코치도 말을 마치고 휙 나가 버렸다. 코치의 말에 모두들 대강 알겠다는 표정들이었다. 하지만 오제와 장욱을 비롯해 중학생 몇몇은, 코치진의 뜻을 어렴풋이 짐작할 뿐 그리 명쾌하게 이해하지는 못한 얼굴이었다.

"저녁 식사 시간이다 모두 식당으로~! 아! 중딩들 잠깐 남아라."

이영찬이었다. 인겸이는 또 무슨 트집을 잡으려나? 하는 불안한 마음으로 기다렸다. 그때 이영찬은 전 주장이었던 3학년 강홍수란 선배에게 어서 말하라고 손짓을 했다.

"너희들은 떠나는 우리 대신 사래고의 명예를 지켜 줄 나의 사랑하는 후배들이다. 그래서 우리가 가진 모든 것을 너희들에게 물려줘야 마땅하다. 우리가 이 학교를 떠나면 모든 것을 너희가 물려받는다. 특히 봉화중학교에서 온 너희 셋에겐 기숙사에 들어오는 날 직접 챙겨 주지 못했다. 조금만 참으면 침대를 포함한 우리가 사용하던 것을 모두 너희들이 차지한다. 그런 줄 알고 불편해도 당분간만 지금처럼 참아라."

강흥수는 흥부라는 별명만큼 착하고 믿음직해 보였다. 인겸이는 그런 줄도 모르고 괜한 불만을 가졌었다는 생각을 했다. 장욱과 오제도 같은 마음인 표정이었다.

"저 영찬 형께 한 가지만 묻고 싶어요."

갑자기 오제가 손을 들고 나서는 바람에 인겸이는 걱정되었다. 무슨 돌발적 발언을 해서 또 어렵게 하는 것은 아닌지 불안했다.

"뭔데? 짧고 간단하게 말해."

"아까 저희들 벌설 때 모두 샤워했잖아요. 그런데 또 다시 샤워를 하며 비누거품 무쟈게 냈어요. 한 번 닦으실 때 잘 닦지 연거푸 하는 건 낭비 아닌가요?"

무척 날카로운 지적을 하고 있다는 듯이 오제가 가슴을 내밀고 두 눈을 높였다.

"인마! 첨은 니들 벌주려고 모두 짜고 샤워하는 척 한 거다. 몰래카메라처럼 말이다. 왜 억울하냐? 떫으냐? 꼽냐?"

이영찬이 얼굴을 오제의 코앞에 들이밀었다.

"아뇨."

오제는 목을 움츠리고 짧고도 작은 소리로 겨우 대답하

며 주저앉았다. 알고 보니 샤워하러 먼저 달려가는 봉화 중 세 명을 보고 감독이 벌세우는 장난을 시킨 것이었다. 훈련이 끝나면 막내들이 뒷정리를 해야 한다는 것을 봉화 중 세 명은 몰랐던 것이 아니라 잊었다. 중학교 때도 1학년 땐 궂은일들을 도맡아 했었는데 2, 3학년을 지내오면서 까마득히 잊은 것이었다. 인겸이는 그런 면을 부당하게 느껴 왔다. 자신이 고학년 되면 신입생에겐 궂은일 절대로 시키지 않겠다고 생각했다. 아무 것도 모르는 신입생들을 도울 생각이다.

합숙 생활에 적응하느라고 정신없이 보냈다. 읽어 보려고 챙겨 온 할아버지의 일기를 아직 풀어 보지도 못했다. 주말이라서 토요일 오후엔 비교적 조용하다. 작정하고 일기 첫 권을 조심스럽게 꺼내 들고 도서실로 향했다.

다른 사람은 잘 다가오지 않는 가장 구석 자리에 앉아 일기를 펼쳤다. 처음 내용을 보니 할아버지가 스무 살 때쯤에 어릴 적 일을 추억하면서 쓴 일기였다. 인겸이의 고조할아버지인 천개동 할아버지가 살았던 시대였으니 일제 강점기 때였다.

전생의 죄

서양 문화와 종교가 들어오며 조선 사회가 많이 변화했다. 그럼에도 출생 신분을 따지던 봉건주의를 완전히 벗어던지진 못하고 있었다. 특히 시골로 갈수록 뿌리 깊은 봉건주의는 완강하게 버티고 있었다. 조선 하층민의 삶은 일제 군국주의와 제국주의까지 덧씌워져 더욱 버거운 시대였다.

천도윤이 태어난 상감마을은 첩첩산간 마을인데다, 내로라하는 세도가들 중에서도 으뜸으로 여기는 이씨의 집성촌이다. 천씨네는 그 상감마을에 유일하게 남은 천민 집안이었다. 타성바지 천민 몇 집 더 있었으나 자신들에게 귀천 따지지 않을 곳으로 이주해 나갔다. 도윤네가 다른 데로 이주하지 못한 까닭은, 도윤의 아버지 천장돌이 징용

되었기 때문이다. 가장이 없으니 형편도 기회도 이주를 허락하지 않았다.

어린 도윤은 자기네 가족들이 마을 사람들에게 왜 천시 여김을 받아야 하는지 몰랐다. 할아버지가 자신보다 왜 어린 사람에게 반말을 들어야 당연하고, 그 사람에게 도련님이라며 머릴 숙이고 절절 매어야 하는지 이해를 못 했다. 할아버지는 양반집 일을 해 주고도, 품삯을 주지 않으면 나서서 달라하기 어려워서 그냥 처분만 바라고 있을 때도 많았다. 어쩌다 아이들끼리 싸워서 도윤이 한 대라도 때리면, 벌집을 쑤셔 놓은 듯이 온 동네가 술렁거렸다. 오히려 얻어맞은 아이네는 대부분 모르쇠하고 아무 말도 못 했다. 양반이 천민에게 얻어맞은 것을 양반 체통을 지키지 못한 부끄러움으로 여겼다. 같은 양반이라고, 거드름을 목에 두르고 사는 동네의 실세들이 맞은 아이네를 대신해서 생난리를 쳐댔다. 특히 도윤과 동갑인 이주동을 잘못 건드리면 엄청난 곤혹을 치르곤 했다. 그 삼촌이 일본도를 차고 말을 타고 다니는 순사인 데다, 일곱 살에 천자문을 뗀 천재라고 이씨네 집안이 특별히 여기는 아이다. 그 또래는 물론이고 나이가 배나 더 많은 큰 아이들까지도 주동이의 졸개였다. 아버지도 없고 천민인 도윤은 더 기가 죽어서 지냈다. 아버지 천장돌은 도윤이 세 살이 되기 전에 일본군에 강제 징용되었다. 복무 기간이 지나고 한 해를 넘겨도 돌아오지 않고 소식조차 없다. 당시에 전해 온 건 중국 상해에서 천장돌이 소속된 일본군이 독립군에게 크게 패했다는 소식뿐이었다.

그날도 도윤은 주동이가 훼방을 놓기 전엔, 서너 살까지 더 많은 선배들과 제기차기를 재미있게 하고 있었다. 도윤은 아홉 살 아이들조차 따를 수 없을 정도로 제기를 잘 찼다. 보통차기는 물론이고 양발차기, 한발만 땅 집고 차기까지는 잘 차는 큰 아이들처럼 찼다. 그런 도윤이를 제기를 못 차는 주동이가 곱게 놔둘 리 없었다. 뒷짐 지고 배를 내민 채 나타난 주동이는 차고 있는 제기를 잡아채어 멀찍이 던져 버렸다.

"빠카야로! 츤박스러운 제기가 다 뭣여? 츤황 패하의 용감무쌍헌 군인이 될라면 군대놀일 허야지! 날 따러 와! 씩씩허게 행진 허는겨. 이찌! 니이! 상! 시! 고오! 로꼬! 시찌! 하찌!"

주동이는 일본 군대가 행진할 때 팔을 뻗어 주먹을 앞으로 내밀며, 구령과 함께 발을 구르는 모습으로 걸었다. 일본 말을 쉽게 깨우친다는 어른들의 칭찬에 더 우쭐거리며,

하나, 둘, 셋, 넷 하는 구령도 일본 말로 했다. 도윤은 그것을 따라하는 게 못마땅했지만 거부할 수 없었다. 양반집 아이에겐 함부로 대해선 안 된다고 하자는 대로 놀아 줘야 한다고, 할아버지에게 귓밥이 되도록 들으며 세뇌되었기 때문이다. 이씨 집성촌에다 천씨는 도윤네 한 집뿐이고, 조상들이 천민이었다는 출신 성분이 할아버지를 꼼짝 못하게 복종시키고 있었다. 더구나 이씨네 전답들을 맡은 소작농이었기에, 할아버지의 입장에서 따르지 않고는 견딜 수 없었을 것이다.

마지못해 따라하자니 짜증나지만 안 하자니 미움 받을 것이 뻔해 억지로 따라하고 있었다.

"지금부턴 츤황 패하 군대가 조센 반역도를 잡는 놀이를 헌다. 지난번 극단 와서 연극허는 거 봤지? 고렇게 허면 돼. 도윤이 니가 조센 반역도 해. 난 대 일본 제국 기병대 대장이다."

주동이는 아는 것도 많았다. 또 일본군처럼 하려고 사투리 사용을 안 하고 표준어 흉내를 낸다.

조선 반역도는 뭐고 또 기병대도 무슨 뜻인지 도윤은 모르는 말이었다. 지난번에 왔던 극단에도 데려가 주는 사람이 없어서 가 보지 못했다. 가서 보고 온 동네 처녀들끼리 빨래터에서 나누는 이야기를 얻어들은 것이 고작이었다. 조선 독립군들을 반역도라 하고 오토바이나 말을 타는 부대를 기병대라 하는 것만 안다. 일단 아이들로 주동이가 탈 말을 만들어야 했다. 학교 운동회에서 기마전 할 때처럼 세 아이가 말을 만들고 나머지 아이들은 주동이가 거느리는 군사였다. 처음 도윤이 숨어 다니고 군사들이 쫓아다니고 할 때는 그런대로 놀이가 되었다. 그러다 도윤이 잡히자 그때부터 문제가 발생했다.

새끼줄로 도윤의 팔을 묶고 다리를 묶어 나무에 매달라고 주동이가 명령했다. 아이들은 시키는 대로 했다. 양쪽 팔꿈치 위와 가슴을 묶더니 두 손목을 모아 동여매어 나무 위로 줄을 걸어 당겼다. 몸무게를 받은 새끼줄이 두 손목과 팔을 파고들어 몹시 아팠다. 참아 보려고 묶인 두 손으로 새끼줄을 잡아당겼지만 몸무게를 감당할 수 없었다. 도윤은 새끼줄을 필사적으로 잡아당기며 소리쳤다.

"아야야! 아퍼!"

도윤이 아프다고 소리치자 한 아이가 다시 풀어 주려고 했다. 그때 주동이가 팔로 그 아이를 저지하며 소리쳤다.

"조센징 반역도는 아프게 벌을 받아야 헌다."

주동이가 무슨 말을 하든 도윤은 너무 아파서 놀이고 뭐고 그만두려고 소리쳤다.

"아푸다니께에! 아야! 빨랑 끌러 줘!"

아무리 소리쳐도 놀이에 빠진 주동이는 풀어 줄 생각은 안 하고 오히려 들고 있던 막대기로 도윤의 엉덩이를 툭툭 때리며 다그쳤다.

"조센징, 반역도는 소굴을 밝혀라!"

도윤은 울상이 되어 소리쳤다.

"나 안 헐텨!, 아프니께 빨랑 끌러 줘~!"

이번엔 머리를 나무로 톡톡 때렸다. 도윤은 독이 올라 소리쳤다.

"이 나쁜 늠아 구만 허여~! 빨랑 끌러 줘~!"

주동이는 그래도 안 풀어 주고 오히려 욕한 대가로 체벌을 보태려고 했다. 도윤은 아프고 화나고 분해서 울음을 터뜨렸다. 그때 지나가던 낯모르는 어른이 아이의 울음소리를 듣고 고개를 돌려 보았다. 어른은 피가 안 통해 까맣게 된 도윤이의 손을 보자 놀라며 얼른 달려왔다. 무슨 일인지 물어볼 것도 없이 무조건 나무에 묶인 새끼줄을 풀어서 매달린 도윤을 내려놓았다. 몸에 묶인 줄도 모두 풀어 주며 아이들을 나무랐다.

"이런 나쁜 놈들! 장난을 해도 싸가지 없이 하네. 이놈들아! 이따위로 장난하다가 큰일을 내고 싶은 게냐? 내가 여기 산다면 네놈들 모두 혼쭐을 냈을 거다. 이 나쁜 놈들!"

야단을 친 어른은 바쁜지 서둘러 가 버렸다. 어른이 가자 주동이가 다시 하자고 했다.

"너 아까 나헌티 욕했지? 욕했으니 다시 혀!"

아이들이 도윤을 다시 묶으려고 했다. 화가 많이 나 있는 도윤이 다시 할 리 없었다.

"싫어! 안 헐텨!"

"짜식, 허라면 허야지 반역도가 말이 많다."

아이들이 다시 묶으려다 도윤이 완강하게 떨어 내자 묶는 것을 포기하고 주동이를 보며 뒤로 물러났다. 주동이가 손에 들고 있는 막대기로 도윤의 머리를 살짝 때렸다. 한 대, 두 대, 세 대 점점 세게 때렸다. 도윤이 할 때까지 때릴 참이었다.

"난 반역도두 안 허구 군사두 안 헌다! 인전 니들허군 안 논다!"

참을 수 없을 만큼 아파서 막대를 빼앗아 던지며 소리쳤다. 주동이가 도도하게 입을 비죽거리며 쏘아보더니 도윤의 뺨을 때렸다. 이번엔 도윤도 참지 않았다. 주먹으로 주동이의 눈두덩을 후려치자 주동이가 뒤로 벌러덩 나자빠졌다. 그러자 아이들 몇이 주동이 편이 되어 도윤에게 달려들었다. 도윤은 힘이 세어 주동이 하나라면 죽도록 패 줄 수 있었다. 하지만 여러 명이 달려들어 따 내린 머리채와 양팔을 잡고 늘어지니 도윤만 맞을 수밖에 없었다. 벌떡 일어난 주동이가 양팔을 잡힌 도윤에게 주먹을 마구 휘둘러 댔다. 정신없이 맞는데 주동이의 주먹이 도윤이의 콧등에 닿고 코피가 터졌다. 피가 철철 흐르자 발길로 배를 걷어찼다. 명치에 발을 맞은 도윤은 바닥에 나동그라진 채 숨을 쉴 수 없어 버르적거렸다.

"샹놈 새꺄 콱 죽여 버릴라다 내가 너그러운께 참는다. 또 뎀볐단 진짜루 죽여 버릴 거다."

악다구니를 퍼붓던 주동이는 까맣게 부어오른 자기의 눈두덩을 어루만지며 거느린 아이들과 함께 사라졌다. 땅에 엎드려 버르적거리면서도 얻어맞았지만 끝까지 울지 않았으니 싸움에서 진 것이 아니라고 도윤은 생각했다. 언젠간 꼭 갚아 줄 거라는 다짐도 굳게 했다.

한참 만에 몸을 진정시킨 도윤은 동네 한복판을 가르는 개울로 가서 코피를 닦았다. 잘 보이지 않을 만큼 눈두덩도 붓고 머리통 여기저기가 피멍이 들었는지 쑤셔 댔다. 쑤시는 곳마다 찬물로 찜질하듯이 닦으며 만져 보니, 이마고 뺨이고 입술이고 성한 데가 없이 붓고 터져 있었다. 한참 동안 찬물로 닦자 마음이 차분해지고 통증도 많이 가라앉은 것 같아 집에 가기 위해 일어섰다. 큰일은 그때부터 벌어졌다.

스무 살 청년이었다. 그는 이주동의 오촌, 육촌, 팔촌도 아닌 십촌 너머 그냥 이씨 일가였다. 개울둑으로 지나가다가 도윤을 보자 마치 표범이 토끼를 덮치듯이 뛰어내렸다. 그는 다짜고짜 뒤로 따 내린 도윤의 머리채를 잡아챘다.

"요 상늠의 새꺄 개울서 숨었다구 뭇 찾을 줄 알았지? 츤박헌 세끼가 감히 오따 대구 주먹질여? 뒈질라구 환장했지? 요놈의 새끼 오디 내 손 맛 즘 봐랏."

무지막지한 손바닥으로 도윤의 따귀를 때렸다. 뻥 하니 머리통이 돌아가는 것까지만 느끼고는 들리지도 보이지도 생각조차 나지 않았다. 어쨌기에 싸웠는지 사실 여부를 알아보지도 않고 잘잘못을 가릴 것도 없이 일방적으로 매를 가했다.

"우리 백뿌님이 그냥 묻으라구 허셔서 이쯤만 허는디! 한 번만 더 그따위 짓을 혔다간 내가 니놈을 죽여 버릴겨! 이 셰꺄! 우리 이씨가 워떤 집안인디 츤하디 츤한 츤가 늠이…."

그가 백부라 하는 이는 주동이 아버지다. 이씨 집안에서 항렬로 따져 아버지뻘이라고 그렇게 부르는 것이다. 본래 백부는 큰아버지를 뜻하는 말인데 주동이 아버지 들으라고 큰 소리로 해 대는 아부다. 도윤은 너무 억울해서 그에게 따지고 항거를 하고 싶었다. 그러나 그랬다간 무지막지한 그의 손에 온몸이 으깨진 두부처럼 될 것이다. 그렇게 첫 번째 일을 치루고 다 끝난 줄 알았다. 두 번째가 남아 있었다.

도윤의 아버지가 살아 있다면 그와 동갑쯤일 것 같다. 동네 양반이랍시고 할아버지를 불러 야단을 쳤다. 그도 이주동의 대부 뻘쯤 되는 그냥 일가일 뿐이었다.

"개동이! 자녠 손자 새끼를 오찌 가르쳤간 츤헌 것이 누구헌티 감히 대들구 주먹을 휘둘러? 싹퉁배기에 오갈병 들어두 유분수지! 옛날 겉으면 새끼 잘못 가르쳤다구 멍석말이루다 매타작으루 다스려두 싸다구 헐 일이여! 암만 시상이 달라졌어두! 근본 읎는 츤헌 것덜이 함부루 설치구 사는 시상은 절대 안 오니께! 꿈두 꾸지 마러! 또 이딴 일 생기면 이 마을서 뭇 살 줄 알어!"

자기 아버지 같은 노인에게 반말로 이름을 불러 대며 한참을 꾸짖고 혼쭐내다 갔다. 그가 가자 이내 세 번째 일이

닥쳐왔다.

"개동아! 천개동! 니늠 손것 델꾸 싸게 오너!"

밭으로 일하러 가던 할아버지를, 할아버지 또래의 동네 터줏대감이 노기탱천하며 손자 놈 데려오라고 불렀다. 고분고분한 할아버지는 일 가다 말고 무슨 일인지 알아볼 것도 없이, 황급히 도윤을 찾아 끌고 터줏대감 집으로 갔다.

"개동아! 이늠아! 니 놈 손것을 오찌 가르치길래 위아래 두 못 가리구 하극상이냐 이늠아! 지가 감히 양반헌티 손찌검을 혀? 니놈이 확실허게 가르치질 뭇혔으니 내가 오늘 그늠을 단단히 가르쳐야 쓰것다. 이리 당장 올려 보내거라!"

대청에 목침과 회초리 한 묶음을 갖다 놓은 것을 보니 도윤의 종아리를 때릴 참이었다. 도윤은 무서워서 입술이 새파랗게 질리고 다리도 달달 떨렸다. 도윤을 본 할아버지는 자신이 얼른 종아리를 걷으며 올라갔다.

"이놈이 귓구녕다 말뚝 박었나? 내가 니놈더러 올러오라더냐?"

"지가 잘못 가르쳤으니 절 때리시면 저늠은 지가 따끔허게 다시 가르치것습니다유."

할아버지는 터줏대감 앞에 알종아리를 내놓고 선 채 연

신 굽실거렸다.

"그따위루 가르쳐 놓구두 또 손것을 감싸는 게냐? 이늠아!"

터줏대감은 회초리로 바닥을 탁탁 치며 성질을 돋우었다. 칠 때마다 도윤이 움찔움찔 놀라 간이 오그라드는 것 같았다.

"잘못 가르친 지 죄가 큽니다유. 저 늠은 지가 꼭 똑바루 가르쳐 놓것습니다유."

차마 그 손자 앞에서 나이 많은 노인네의 종아리를 때릴 수 없었던지 터줏대감은 회초리를 던져 버렸다.

"앞으루 또 이런 숭헌 일이 생기면 내가 니 놈을 치도곤 낼게다! 이늠."

"예! 예! 참봉나리 말씀 명심허것습니다유."

할아버지는 연신 머리를 굽실거리다 못해 아예 무릎을 꿇고 조아렸다.

"애고~ 암만 시상이 바뀌어두 그렇지 오째 요 모넁으루 되 가는지 말세다 말세! 쯧쯧쯧."

터줏대감은 뒷짐 지고 수염을 털더니 한탄조로 혀를 차며 들어가 방문을 소리 나게 닫아 버렸다. 할아버지는 아무소리도 안 하고 그 앞에 공손히 머리를 숙인 채 꼼짝도 안 하다가 살금살금 돌아서서 도윤의 손을 잡고 나왔다.

할아버지는 집으로 곧장 가지 않고 도윤의 손을 잡은 채 한적한 계곡으로 올라갔다. 도윤은 주동이를 때렸다고 할아버지에게 야단맞을 것이라서 수꿀한 기분으로 끌려갔다. 가물어서 물이 많지 않은지 계곡 물소리가 졸졸 속삭이고 있었다. 조금 더 올라가던 할아버지는 물 맑은 소에 닿자 도윤을 바위에 앉히고 옷을 벗겼다.

"눈 분 것허구 입술 터진 거 말구 아픈 딘 더 읎냐?"

혼날까 봐 주눅 든 도윤은 눈치만 보며 말이 없었다.

"에이구 불쌍헌 내 새끼."

할아버지는 혼잣말로 중얼거리며 도윤의 몸을 여기저기 머릿속까지 자세히 살폈다. 눈에 눈물이 글썽해진 할아버지는 자신도 옷을 벗고 도윤을 데리고 물속으로 들어갔다. 시원한 물에 도윤이를 담가 놓고 가만가만 부드럽게 닦아 주며 차분한 소리로 말했다.

"도윤아 지금부터 이 할애비가 허는 말을 잘 들으야 헌다."

도윤은 할아버지가 꾸중하기 전에 싸운 이유를 알아야 한다고 생각해서 이야기를 꺼냈다.

"주동이가 애덜 시켜갖구 나를 묶어 나무다 매달구 막

대로 때렸슈. 새끼줄 묶은 디가 너무 아퍼서 끌러 달라구 헸는디두 때리기만 헷단 말여유."

"내가 널 야단칠라는 거 아녀, 그 애긴 안 혀두 되어…."

말을 하면서도 도윤이의 팔목이 벌겋게 부르튼 것을 보고 두 손으로 잡아 어루만졌다.

"이 할애비가 너헌티 혜 줄라는 말은… 넌 할애비두 할미두 너두 우리 가족은 다 딴 사람들헌티 굽실거리메 사는 게 싫구 왜 그 모냥으루 살어야 허는지 물르지?"

도윤은 얼른 그렇다고 고개를 끄덕였다.

"그려 그럴껴… 왜 그냥 살어야 허냐면, 우리는 전생서 잘못헌 게 많은 거여. 전생이 뭐냐면, 우리가 이 시상 태나기 전이 살던 시상을 말허는 거여. 게서 살 때 잘못헌 죄가 많어서 지금 츤한 신분으루 태어나 사람들헌티 멸시 츤대를 받으메 사는 거여."

할아버지는 조금은 슬프고, 조금은 화나고, 조금은 쓸쓸한 눈으로 도윤이를 보며, 낮은 목소리로 힘주어 설명했다. 도윤이는 잘못 알아들으면 안 될 것 같아서 할아버지의 눈을 놓지 않고 집중했다.

"우린 죽을 때까장 사람들헌티 그 죄를 갚으라구 하늘님이 우리헌티 벌을 내리신겨. 그 죄를 다 갚으야 다음 시상선 높은 세도가서 태어날 수 있는겨. 그러니께 너두 전생의 잘못을 갚을라먼 오떤 멸시츤대든지 죄 다 참어 가메 살으야 혀."

할아버지의 눈은 말을 이어 갈수록 슬픔에 더욱 젖어 들었다. 도윤은 전생이 있었다 해도 너무 억울해서 할아버지의 말을 그대로 받아들일 수 없었다.

"난 전생이 생각 안 나는디유 흐으…."

도윤은 할아버지를 쳐다보는 맑고 깊은 눈에서 가랑가랑 눈물이 솟아올랐다. 두 볼을 타고 흘러내리는 눈물을 손등으로 훔쳤다.

"전생은 누구두 생각 안 나는 시상이여."

할아버지는 도윤을 위로하고 달래려고 등을 다독였다.

"나는, 나는 지금두 오떤 잘못두 뭇 허는디. 흐… 아까마냥 누가 화나게 헐 때 싸우는 것두 흐… 싫은디, 흑흐으… 누구헌티두 아무 잘못두 안 허구 잘못허구 싶지두 않는디. 흐으으…."

도윤은 어린이답지 않게 흐느끼지 않으려고 참으며, 또박또박 혼잣말처럼 하다 머리를 마구 도리질했지만 눈물이 줄줄 흘러내렸다. 할아버지는 그런 도윤이 안쓰러워 감싸 안았다.

"암만 전생이래두 그런 내가 뭔 큰 잘못을 헷겄슈? 흑허어… 아뉴. 그럴 리 읎슈. 난 억울해유~! 허어엉!"

도윤이 기어코 할아버지 가슴에 얼굴을 묻고 큰 소리로 울어 댔다. 할아버지의 눈에서도 눈물이 흘렀다.

"그려 그냥 우리헌티만 억울허게 붙은 죄일 뿐이여. 이 시상 죄처름 무슨 잘못인지 알기나 헌다먼 이냥 억울허지나 않을 건디 우리 손자 워쩌나, 이 할애비야 다 살었으니께 그냥 전딜 수 있지먼, 이 할애비를 잘못 만나서… 우리 손자 워쩍허나, 우리 손자, 내 새끼."

결국 할아버지도 도윤이를 부둥켜안은 채 흐느꼈다. 애써 누르려는 조손간의 흐느낌은 골짜기의 공명이 되어 울렸다.

일기를 읽던 인겸이는 할아버지의 억울하고 불쌍한 처지에 의분을 느꼈다. 아무리 옛날이지만 너무 잘못된 문화였다. 지금은 시골도 어느 마을이나 혈통을 따지며 신분을 논하는 사람은 없다.

밤이 깊어 도서실에서 나와 기숙사로 향했다.

여학생과 박문수

혼자 산다는 것이 얼마나 외롭고 고민이 많은지 할아버지와 지낼 땐 몰랐다. 모두 할아버지께서 감당하셨기 때문이다. 생각이 많은 인겸이는 밤새 잠들지 못하고 뒤척이다가 새벽 세 시쯤에 운동장으로 나왔다. 매서운 초겨울 바람 속에 혼자 운동장을 몇 바퀴째 돌고 있는지? 스무 바퀴까지만 기억하며 달리다 헷갈려서 기억하는 것을 그만두었다. 숨이 차오르는 느낌으로 만 미터쯤 달린 것 같다.

"둔바리! 너 잠 안 자고 뭐하는 거냐?"

이영찬이 불쑥 나타나 인겸이와 함께 나란히 달리며 물었다. 둔바리는 사래고교 축구팀 감독이 지어 준 인겸이의 별명이다. 감독은 선수들에게 별명을 하나씩 붙여 주었다.

인겸이는 별명이 썩 마음에 들지 않지만 대수롭게 여기

진 않았다. 그보다 일찍 일어나 개인 훈련을 하는 이영찬에게 더 관심이 생겼다. 홀로 살아가기 위해서라도 모든 것을 축구에 걸어야 하는 자신도 이영찬처럼 일찍 일어나 열심히 해야겠다고 다짐했다. 고등학교 1학년 동안 열심히 해서 2학년 땐 꼭 청소년 대표가 돼야 하기 때문이다.

아침을 먹고 다시 훈련에 들어가기 전이라서 선수들이 모두 운동장에 나왔다. 먼저 준비 운동으로 파트너를 정해 백투백 스트레칭을 하고 있었다. 인겸이의 오늘 파트너는 별명이 어사인 박문수였다. 처음 본 날 눈을 남다르게 마주쳤던 그 박문수다. 감독이 특별히 데려온 만큼 실력이 좋은 것인지는 모르지만, 명문 중학교 출신이라는 오가 형제보다는 훨씬 나아 보였다. 인겸이는 왠지 박문수랑 훈련 파트너를 하면 기분이 좋고 더 잘되었다. 서로가 오랫동안 맞춰 온 사이처럼 호흡도 잘 맞는다. 박문수와 등을 대어 업고 흔들어 준 다음 박문수의 등에서 흔들리며 몸을 풀고 있었다. 아까부터 인겸이 쪽을 바라보는 여학생이 눈에 들어왔다. 인겸이는 자신도 모르게 자꾸 얼굴을 돌려 그 여학생을 쳐다봤다. 자신을 보는 건지 박문수를 보는 건지 알 수 없지만, 웃음 짓고 바라보는 얼굴이 소녀시대의 누구보다 더 예쁘게 보였다.

"와~ 정말 내 식이다."

여학생에게서 눈을 떼지 못하고 자신도 모르게 감탄하며 중얼거렸다.

"둔바리! 빨리하지 않고 뭘 봐 임마!"

박문수가 인겸이에게 짜증을 냈다. 스트레칭 속도가 늘어지는 것도 모르고 여학생을 쳐다보았던가보다. 운동에 몰입하지 않고 딴 데로 정신을 팔았다는 것이 미안했다. 인겸이는 턱짓으로 여학생을 가리켰다. 턱짓한 곳으로 박문수가 얼굴을 돌리자 여학생이 활짝 웃으며 손을 들어 흔들었다. 가지런하고 새하얀 윗니가 반짝 빛났다. 박문수는 고개를 살짝 끄덕일 뿐 별 반응을 보이지 않았다. 여태 자기를 보고 있는 줄 알았다가 아니란 것을 알자 멋쩍어진 인겸이는 괜한 참견을 한다.

"인사하잖아, 어사답지 않게 왜 그렇게 받아?"

"야! 깬다. 운동이나 열심히 해라!"

예쁜 여학생이 바라보고 웃어 주면 무척 좋을 텐데, 왜 반응이 별로인지 인겸이는 박문수를 이해할 수 없었다. 어사란 별명처럼 박문수는 말끔하니 꽃미남이다. 축구 선수들 대부분 볕에 그을려 까무잡잡한데 신기하게도 박문수의 얼굴은 하얗다. 손짓하며 웃어 준 여학생과 아주 잘 어울릴 것 같은데 어째서 관심을 주지 않는지 모르겠다.

코치가 호각을 불고 구령했다.

"자세를 바꾸어서~ 숄더 차지!"

몸싸움 연습으로 둘이 서로의 등과 어깨를 이용한다. 먼저 인겸이의 오른쪽 어깨를 박문수의 왼쪽 어깨에 부딪치며 밀다가 등을 대고 밀고 반대편 어깨로 방향을 바꾸어 밀며 협력하는 스트레칭이다. 인겸이가 박문수 호흡을 제대로 맞추지 못해 몸의 방향이 바뀌었다.

"야! 어사! 둔발이! 너희들 뭐야? 왜 헤매나? 제대로 안 해?"

코치의 호령이 꽂히자 박문수가 불만을 터트리며 눈을 부라렸다.

"둔바리! 너 왜 그래? 제대로 안 할 거야?"

인겸이도 박문수가 자신 때문에 지적 받은 것이 미안해서 직수굿했다. 열중해도 부족한 실력을 끌어올리기 어렵다. 훈련 중에 다른 것에 마음을 빼앗겼다는 것은 꾸지람 들어야 마땅하다. 속으로 반성하면서도 여학생의 웃는 얼굴이 자꾸 떠올랐다. 온몸이 따끈하게 열이 오르자 스트레칭을 끝냈다.

"자 스트레칭은 여기까지 하고 이제부턴 순발력 강화

훈련이다. 정신 똑바로 차리고!"

　순발력 강화는 두 사람의 간격을 10미터로 벌린 다음 한 사람에 공 하나씩 자기 자리에 놓고 서로 상대의 공을 자기 자리로 옮기는 게임이다. 코치의 명령이 떨어지자 다른 조와 마찬가지로 인겸이와 박문수도 10미터로 사이를 벌리고 마주 서서 자기 자리에 공을 놓았다. 코치의 호각 소리를 시작으로 인겸이는 재빨리 박문수 자리의 공을 자신의 자리로 날랐다. 반대로 박문수는 인겸이 자리의 공을 가져다 자기 자리에 놓았다. 처음 상대와 교차할 땐 시계바늘 반대 방향으로 비껴야 하고, 코치의 호각 소리가 나면 시계바늘 방향으로 비껴야 한다. 좌우의 균형을 위해서다. 그렇게 상대의 공을 가져다 자신의 자리에 채우는 왕복 운동 빠르기의 대결이다. 축구에서 순간 동작이 빠르도록 꼭 해야 하는 훈련이다. 스트레칭과 달리 훈련에 들어서면 파트너였던 박문수가 경쟁하는 사이로 바뀐다. 이럴 때 상대를 이겨야만 감독의 눈에 들어 주전 경쟁에서 유리한 점수를 얻을 것이다. 그런데 인겸이는 왠지 박문수에게 꼭 지고 싶은 마음도 없지만 이기고 싶은 마음도 흐리다. 만약 그가 다른 선수였다면 어떻게든 꼭 이기려 했을 것이다. 지금은 그냥 열심히 할 뿐이었다. 어쨌든 박문수는 인겸이에게 만만치 않았다. 발도 몸도 매우 빠르고 균형도 정확했다. 운동복이 땀에 흠뻑 젖고 턱에 숨이 걸려 심장이 터질 것 같았다. 그 순간 동작을 멈추라는 코치의 호각 소리가 들렸다. 박문수와 인겸이는 누가 지고 이겼는지 모르게 거의 동시에 공을 놓았다. 역시 숨을 헐떡거리는 박문수의 얼굴도 땀으로 범벅이 되어 있다. 그러나 훈련이 끝난 것이 아니라 그때부터 시작이었다. 슈팅, 종류별 킥, 패스와 트랩, 드리블, 태클, 세트 플레이, 전술 전략까지 훈련을 마치면 마지막 오래달리기로 이어진다. 인겸이는 고된 훈련을 하면서도 머릿속에서 여학생의 웃는 모습이 사라지지 않았다.

훈련을 마치고 샤워실로 가면서 박문수에게 물었다.

"어사야 넌 아까 그 애 싫어해?"

"왜? 너 걔한테 꽂혔냐?"

되묻는 박문수가 얄미웠다. 인겸이는 거짓말을 못 해서 마음을 감출 수 없었다.

"예쁘잖아."

"임마! 그 앤 안 되니까 일찌감치 맘 거둬라. 엉?… 알았어? 짜식, 보는 눈은 있어 가지고…."

박문수가 눈을 부라리며 으름장을 놓고 앞서서 걷는다.

그러는 박문수의 꼬락서니가 미워 뒤통수에 대고 혼잣말로 중얼거렸다.

"치, 진작 사귀는 사이라고 말해 주면 혓바닥에 뿔 돋나?"

혼잣말이었는데 박문수가 알아듣고 뒤로 휙 돌아서서 다가오더니 인겸이의 눈을 빤히 들여다본다. 인겸이는 움찔하여 얼어 버린 듯이 서서 허공을 응시했다.

박문수는 인겸이 코앞에 굳은 얼굴을 바짝 들이대고 이를 응 물며 말했다.

"사귀는 사이 아니거든!"

사귀는 사이가 아니면 인겸이 자신에게도 권리가 있다고 생각되어 즉각 말했다.

"그럼 왜 재를 뿌리냐? 내가 사귈 거니까 상관하지 마라."

이번엔 인겸이를 아래위로 훑어보며 한 무게 잡으며 말하는 박문수다.

"짜식이? 인마! 내가 왜 예쁜 동생에게 너 같은 놈이 붙는 꼴을 보겠냐?"

"엥? 동생이었어? 아~! 그래서 둘이 닮았구나."

인겸이 얼굴이 갑자기 환해져서 입이 귀에 걸릴 지경이

다.

"친동생 아니고 사촌 동생, 우리 아버지의 단 한 분 형제 작은아버지, 그 작은아버지의 유일한 혈육, 아무튼 내겐 무엇보다 누구보다 소중한 동생이니 눈독들이지 마! 경고 야!"

집게손가락을 세워 인겸이 눈을 가리키며 으름장을 놓았다. 인겸이는 박문수와 사귀는 사이가 아닌 사촌 여동생이란 것이 다행이라고 생각했다. 자신이 좋아할 수 있는 조건이 생겼고 기회를 엿볼 수 있기 때문이다. 생각해 보면 아버지가 없는 박문수라면 작은아버지가 아버지 같고 사촌 여동생이 친여동생과 같을 것이다. 성겸이와 자신을 생각해 보니 사촌끼리 그토록 친하게 지내는 어사가 부러웠다.

"에~이 어사 나리 그러시지 말고 나 소개시켜 주라."

"임마! 운동이나 열심히 해! 고등학교 때부터 계집애 가까이 하는 놈 치고 제대로 되는 놈 없다더라. 내가 한 해 꿇어서 동생이랑 같은 학년이 된 것도 중학교 때 여자 사귀다가 그렇게 됐다."

"정말? 나이가 많은 거야? 몇 살?"

"올 12월이면 만 17세 된다."

"그럼 나보다 형이네? 앞으로 깍듯 형님으로 모실게! 동생 좀 소개해 줘."

"이런!… 안 된다니까. 절대 안 돼! 저얼~때! 저얼~ 때 안~ 돼!"

박문수는 체머리를 흔들며 부라리는 눈으로 단호하고도 쌀쌀하게 잘랐다. 인겸이는 약간 비위가 상했지만 참으며 박문수의 기분을 바꿔 보려고 농담하듯이 장난을 쳤다.

"어우, 중학교 때부터 연애를 하셨다? 축구만 선수가 아니라 연애도 아주 장래가 촉망한 유망주셨나 보네."

인겸이 장난이 조금 귀에 거슬렸는지 박문수는 다시 휙 돌아 눈을 부라렸다. 인겸이는 또 움찔하며 눈을 동그랗게 뜨고 허공을 보며 입을 다물었다. 박문수는 조금 웃음을 머금은 표정으로 꿀밤이라도 주려는 것처럼 주먹을 들고 노려보며 중얼거렸다.

"자식, 몸은 둔한 게 주둥인 빨라가지고… 아무튼 내 동생은 안 된다. 분명 경고했어."

"경고등 스위치 잠시 끄고,… 딱 인사만 시켜 줘 응?"

인겸이는 눈을 찡긋하며 검지를 들어 보였다.

"짜식이? 이거 정신 못 차리네, 훈련 내내 헤매서 짜증 나게 만들더니, 아무튼 안 되니까! 말도 꺼내지 마!"

그때 코치가 다가오며 박문수의 어깨를 기록부로 툭툭 쳤다.

"니들은 생김새가 비슷한데 훈련할 때보니까 어벙한 것도 닮았더라."

인겸이는 자신의 분위기가 박문수와 많이 같다는 것을 처음 알게 되었다.

"오늘 헤맨 건 저 때문이어요. 어사 형은 잘못 없어요. 제가 다른 생각을 하다가 그만,"

"어, 사, 형? 얘가 니 형이었어? 그래~ 가까이서 보니까 니들 얼굴도 닮은 것 같다? 무슨 사이냐? 사촌 간이라도 되냐?"

코치는 신기한 듯이 문수와 인겸이를 번갈아 쳐다보며 웃었다. 박문수의 얼굴이 못나지 않아서 닮았다는 말이 싫지는 않았다.

"아~뇨! 아주 쌩 남남이어요! 여기서 처음 만났는걸요."

박문수는 코치에게 질색하는 얼굴로 손까지 내저으며 샤워실로 들어갔다. 박문수에 비해 인겸이는 키도 조금 작고 어깨와 가슴도 좁은 듯하고 얼굴이 까무잡잡하다. 인겸이와 닮았다는 말이 박문수로선 기분 나쁠 것 같다.

저녁 내내 이름도 모르는 그 여학생 생각이 머릿속을 메웠다. 떨쳐 버리려고 할아버지 일기장에 얼굴을 묻었다.

해방 그리고 민주학당과 이동학

도윤이 어느덧 열 살이 되었다. 열 살을 축복이라도 하듯이 도윤에게 뛸 듯이 기쁜 일이 생겼다. 상감리에서 10킬로미터쯤 떨어진 쌍룡국민학교 마당에 미군 비행기가 떨어트려 주고 간 쪽지를 전해 받았다. 정자체로 쓴 붓글씨 쪽지인데 도윤네 것이라고 전해 왔다. 도윤네는 글을 읽을 줄 아는 사람이 없어서 이웃집 화가에게 보여 주었다. 쪽지를 받아서 펴 보다가 눈이 휘둥그레진 화가는 벌떡 일어나며 소리쳤다.

"도윤아~! 니네 아부지 살아 있단다~! 도윤 할아버지~! 장돌이 살어 있대유~!"

죽은 줄 알았던 아들이 살아 있다니, 그때 양반집 같으면 소 잡고 잔치할 일이지만 도윤 할아버지는 마음만 기뻐했다. 잔치할 만큼 넉넉한 살림도 못되었지만, 할아버지는 양반들 앞에서 함부로 기뻐할 수 없었다. 양반집 중엔 징용 가서 유해로 돌아온 사람도 있기 때문이다. 또한 아직은 아버지가 완전히 돌아온 건 아니니 좋아하긴 이르다. 살아 있다는 소식만은 눈물겹도록 고마운 일이었다.

열 살의 도윤에게 또 한 가지 좋은 일이 생겼다. 공부할 기회가 온 것이다. 신분도 경제력도 배움의 길을 막아 아무 교육도 받지 못하던 도윤이었다. 아랫마을에 신분 성별을 따지지 않고 무료 교육을 해 주는 학당이 생겼다. 외국에서 신학문을 공부했다는 이동학이라는 이가 세운 학당이라고 했다. 할아버지가 적극적으로 도윤을 보내 공부시키겠다고 나섰다.

할아버지 손에 이끌려서 간 학당은 이동학 선생의 본집 사랑채였다. 툇마루 귀퉁이를 끼고 추녀를 떠받친 기둥에 무슨 글씨인지 모르지만 세로 글씨 현판이 걸려 있었다. 나중에 알았지만 한자로 민주학당이라고 쓴 글씨였다. 안채와 기와지붕이 이어진 사랑채는 툇마루와 함께 널찍했으나 학교의 교실만큼 넓지는 않았다. 도윤도 읍내 학교를 구경한 적이 있다. 어머니의 손에 이끌려 학교에 갔었다. 어머니는 결혼 전에 가정부로 일했던 집의 아이가 입학했다고 보고 싶어 했다. 자신이 업어 기른 주인집 아이가 자라서 입학했다니 보고 싶었을 것이다. 그때 도윤은, 어머니를 본숭만숭하는 그 아이보다 처음 가본 학교와 교실에 더 관심이 많았었다. 학교는 60명이 넘는 아이들이 앉을 책상을 둘 만큼 넓은 교실 몇 칸이 복도로 이어져 있었다.

학당의 안채를 들여다보니 규모가 상감마을의 이씨네 종가만 했다. 글을 배우러 오는 사람은 생각보다 많지 않은지 사랑채엔 도윤보다 큰 아이들 서너 명만 앉아 있었다. 안쪽 벽에 작은 흑판이 걸려 있고 선생이 사용하는 것으로 보이는 낮은 책상이 놓여 있다.

이동학 선생은 할아버지를 대하는 태도로 도윤의 마음을 사로잡았다. 나이를 먹은 자든 어린 자든 할아버지와 아버지에게 '즌가야'나 '이늠아!' 하고 부르며 함부로 대하는 상감마을 양반들과 달랐다.

"어서 오세요. 어르신, 이동학입니다."

선생은 할아버지에게 공손히 머리 숙여 경어로 인사하며 친절히 맞아 주었다. 양반이 상민에게 어르신이란 단어로 존칭을 써서 대우한다는 것은 꿈도 꾸지 못할 일이었다. 할아버지는 당황하며 급히 선생 앞에 큰절을 하다시피 머리가 땅에 닿을 정도로 허리를 굽혀 인사를 받았다. 어쩌면 할아버지는 자신에게 높임말로 대해 주는 양반을 처음 만났을 것이다. 상감마을에는 할아버지 가족 말고는 할아버지에게 높임말로 대해 주는 사람이 없다.

봉두난발한 상투머리의 할아버지와 다르게 짧게 깎아 하이칼라 머리를 한 선생의 모습도 도윤이의 마음을 끌었다. 눈엔 테가 검고 동그란 안경을 쓰고 조끼 호주머니엔 회중시계를 넣고 있었다. 뚜껑이 덮인 동그랗고 납작한 회중시계는 혁대에 매달린 사슬까지 은색이었다. 그러한 모습은 도윤의 호기심을 자극해서 선생과의 사이를 빨리 익숙하게 하는 데 도움이 되었다. 그날 당장 할아버지를 먼저 보내고 큰 아이들 틈에 끼어서 한글 공부를 시작했다. 다음 날 도윤은 길게 땋았던 머리도 할아버지의 허락을 받고 잘랐다. 선생의 이발 솜씨는 서툴렀지만 가위와 바리캉을 준비해 놓고 원하는 사람은 직접 이발을 해 주었다. 도윤은 더벅머리처럼 되었지만 떠꺼머리보다 강동하니 좋았다.

날이 갈수록 도윤은 이동학 선생에게 빠져들었다. 특히 사람의 신분은 귀천이 없다는 선생의 가르침이 어린 도윤의 마음을 사로잡았다. 학당에선 모두를 똑같이 대했다. 신분고하를 따지는 사람들은 학당에 나올 생각도 안 하겠지만, 혹시 나온다고 해도 받아들이지 않았을 것이다.

도윤은 날마다 학당에서 살다시피 했다. 선생을 좋아하니 학습도 잘 되고 즐거웠다. 그런 도윤을 선생도 귀엽게 여기고 아껴 주었다. 할아버지는 선생께 밥까지 얻어먹어 가며 학당에서 지내면 안 된다며 공부 끝나면 곧장 오라고 당부했다. 그렇지만 좋은 친구들과 더 있고 싶고 상감마을의 이주동과 그 일가들 만날까 봐 얼른 돌아가기 싫었다.

학당에 다닌 지 열흘도 안 되어 훈민정음을 다 깨우쳤다. 학당에 있는 동화책을 베끼며 글을 읽고 쓰는 데 익숙해지도록 노력했다. 동화책은 선생이 딸에게 사다 준 것인데 딸이 다 읽고 학당에 둔 것이었다. 딸은 도윤보다 두 살 아래인데 매우 영리하여 이미 한글을 다 깨우치고 한자 공부도 천자문을 떼고 명심보감을 공부할 정도로 도윤보다 많이 앞서 있었다. 선생은 일본의 군국주의 교육을 받게 할 수 없다고 딸을 학교에 보내지 않고 학당에서 자신이 직접 가르치고 있었다. 학당에 다닌 지 몇 달이 지나도록 딸의 본명을 모를 정도로 관심 없던 그 딸이 도윤의 마음속에 들어오게 될 줄 생각도 못 했던 때였다. 이름을 몰랐던 까닭은 선생과 부인이 딸을 부를 때 민이라는 외자의 애칭만을 불렀기 때문이기도 했다. 몇 달 뒤에야 딸과 익숙해져서 그를 처음으로 부를 수 있게 되었다.

"민이야."

"내 이름은 민이가 아냐! 하경이야!"

도윤은 처음 듣는 말이라서 민이가 장난치는 줄 알았다.

"어쭈 하경 좋아하네, 아예 상경이나 동경이라 하지."

"정말이야, 내 이름은 하경, 이하경이야."

"선생님도 사모님도 민이라고 부르시던데?"

"민이는 백성이라는 뜻으로 부모님만 부르시는 애칭이
야."

"왜 그런 뜻으로 부르실까?"

"나도 몰라."

도윤은 왜 딸을 백성이란 뜻으로 애칭 삼았는지 궁금해
서 선생께 여쭈었다. 선생은 빙긋이 웃음을 머금다가 말해
주었다.

"민주주의 나라는 백성이 주인이고 그 백성, 곧 나라 국
자에 백성 민 자, 우리 딸이 그 백성의 중심에 서라고 한자
로 백성 민 자, 민이라 부르는 거란다."

자상한 설명에 선생의 뜻을 잘 알아들었다. 그러나 백성
보다 높이 서야지 왜 한가운데인 중심에 서라는지? 민주
주의는 누구 위에든 군림하는 것이 아니란 걸 도윤이 깨달

게 되기까지는 좀 더 세월과 이해력이 필요했다.

선생은 도윤이 한글을 읽고 쓰는 데 익숙해지자 한문과 기초 영어도 가르쳐 주었다. 선생의 가르치는 방법은 가르친 것을 잊거나 모르는 제자에게 매를 들거나 꾸지람을 하지 않았다. 알아들을 때까지 자상하게 설명을 해 주어 어려운 영어도 쉽게 익힐 수 있었다. 그러나 배우기에 게으른 사람에겐 학당에 나오지 마라는 조용하고도 엄한 꾸중을 했다.

학당에서 도윤이 만난 가장 좋은 동무는 박철묵이다. 철묵은 학당에서 양반 성을 가진 동무 중 유일한데도, 양반들이 고집하는 신분 가림이 전혀 없어서 친해질 수 있었다. 그의 아버지도 선생이 딸 하경에게 그런 것처럼, 일본 군국주의를 교육시킬 수 없다고 철묵을 학교에 입학시키지 않았다. 집에서 독학하다가 민주학당에서 배우게 되었다. 도윤보다 키가 작은데 나이 한 살 더 많아서인지 행동이 조신하고 많이 알고 생각이 깊었다. 정의롭고 사리 판단도 올곧고 용감해서 다른 친구들도 그를 좋아했다. 같은 양반이래도 철딱서니는 하나도 없는 이주동과는 비교할 수 없었다. 도윤은 철묵에게서 조신한 행동과 예의를 배웠다. 늘 일하느라고 바쁜 할아버지는, 도윤에게 학문과 예의는 가르치지 못했다. 학문과 예의는커녕 당신이 글자 한 자 모르고 일만 할 줄 알았으니 그럴 수밖에 없었다.

도윤이 열세 살, 한자와 영어의 용어들을 알아들을 만큼 익혔을 때였다. 일본이 망하고 해방되었다. 해방되자 동문수학하던 아이들 대부분은 학당을 그만두고 학교에 들어갔다. 철묵과 도윤을 비롯해 너덧 명만 민주학당에 남아 선생의 가르침을 받고 있었다. 개중엔 학교에 따라갔다가 되돌아온 아이도 있지만 뒤늦게 학교로 간 아이도 있었다.

해방이 되고서야 아버지 천장돌이 돌아왔다. 일본 군대로 전투에 나가 배로 강을 건널 때, 옆의 배가 미군기의 폭격으로 박살나며 전멸하는 상황까지 겪었다고 한다. 되는대로 순서에 따라 탄 배였다니 생사의 고비를 좋은 운으로 넘긴 것이다. 그 전투에서 독립군에게 포로로 잡혔고 조선 사람은 전향하면 독립군으로 들어갈 수 있었다. 장돌은 조국을 위한 독립군이 되어 떳떳할 수 있게 되었다고 자랑했다. 일제가 강요한 애국은 천황만을 위해 조국을 저버리는 가짜 애국이었다고 분개했다. 죽을 고비를 여러 차례나 겪어 낸 구사일생의 귀환이었다. 가족 모두의 행운이었다. 특히 도윤에겐 없던 아버지가 나타난 행운이었다.

아버지 천장돌이 돌아온 일이 무색해지도록 마을을 짓

누르는 소문이 나돌았다. 불행이라 해야 할지, 행운이라
해야 할지, 일본이 망하자 이주동의 삼촌 이상태가 자살했
다는 소문이 돌았다. 일본도를 차고 당당하게 활보하던 그
가 보이지 않는데, 이주동이나 집안들이 아무 동요 없으니
소문이 진짜인지 아닌지 알 수 없었다. 일제 치하에 억눌
려 지내 오던 대부분의 사람들이 해방되었다고 들떠 있었
지만, 도윤네와 같은 시골의 천민들은 세상 돌아가는 것에
눈치나 보고 있어야 했다. 그동안 부와 권력을 쥔 힘 있는
자들은 일제의 강제 징집과 사기 위안부 동원, 전쟁 물자
수탈을 돕거나 묵인해 왔었다. 그런 그들이 일제가 망하
자, 그동안 조선 독립을 위해 희생하거나 노력해 왔던 것
처럼 자신들을 변조시키고 있었다. 그 꼴을 그냥 봐줄 수
없는 사람들은 당연히 그들과 대립하는 무정부 상태의 혼
란한 시기였다. 이동학 선생은 그들을 봐줄 수 없는 사람
중에 하나였지만 물리적 행동으로 직접 그들을 응징하려
는 생각은 없었다. 다만 그때까지도 양반과 상민 같은 사
회의 불평등한 계급과 생산하지 않는 자와 생산하는 자의
불공정을 바로잡아, 모든 계층이 평등한 대우와 인권을 보
장하는 사회를 만들자는 생각이었다. 그런 사회가 되려면
레닌과 마르크스, 헤겔 등, 서양 철학을 비롯한 사회주의

를 공부한 정의롭고 똑똑한 사람이 많아져야 한다고 도윤과 철묵에게 전했다. 이동학 선생은 도윤과 철묵에게 특히 신분고하를 따지는 것은 예부터 내려오는 악습이라며, 만인은 평등하다는 당신의 사상을 강조했다.

"신분고하가 없는데 어째서 양반과 천민의 언행에 차이가 많은가요?"

도윤은 자신과 같은 상민들과 달리 양반들이 한자 성어를 많이 사용하고, 행동도 가리는 까닭이 태어나기 전부터 그런 피를 받았기 때문인 것은 아닌지 의문이 들었다.

"그것은 자라는 환경에 따른 학습에서 차이가 나는 것이지 혈통엔 아무 상관없는 것이다. 즉 양반의 아이가 상민의 아들로 자라면 상민의 생활 방식으로 살게 되고 상민의 아이가 양반의 아들로 자라면 양반의 행동 방식으로 살게 되는 것이지. 양반의 피가 더 우수해서 저절로 양반으로 살 수 있는 것이 아니다. 양반은 양반이라고 지배 의식으로 체면 유지를 해야 하니 자식에게도 지배 의식을 가르치고 상민은 상전에 눈치껏 잘하고 부지런해야 먹고 사는데 탈이 없으니 자녀에게 복종 의식을 가르칠 수밖에 없었지. 그렇게 양반들이 집안 내력을 따지고 지키려는 것도 자기 혈통에게 그런 학습을 이어 가고 지배를 유지시키려는 것일 뿐이다. 바로 그런 지배 의식이나 복종 의식이 잘 못된 악습이라는 것이다."

선생은 부자와 가난한 자의 분배도 공정하지 않다고 했 다. 오히려 일을 부지런하고 많이 하는 사람이 더 부자로 살아야 옳다며 남을 부리고 남의 덕에 사는 사람들이 너무 많이 소유하는 것이 공정하지 못하다는 말이었다.

"땅 임자니까 땅을 빌려준 도지를 받는 것은 당연하잖 아요?"

이씨네 땅을 소작하는 조건을 알고 있던 도윤이 물었다.

"빌려주는 것이 아니라 땅 없는 농민에게 나눠 주어야 한다. 혼자 많은 땅을 차지하고 도지를 받아 불로 소득을 올리는 것이 결코 옳지 않다. 땅 없는 농민들에게 나눠 주 고 자신도 직접 지을 만큼만 소유하고 최선의 노동을 한 만큼만 차지해야 옳은 것이다. 노동을 할 수 없는 신체 조 건이라면 지식을 쌓고 지혜를 짜내는 정신 노동으로 육체 노동을 도와야 옳다. 그러나 지금의 제도는 땅을 많이 소 유하고도 노동을 안 하는 자들이 더 많이 차지하고 있다. 그뿐만 아니라 노동하는 이들의 몫까지 덜어서 배불리고 도 자꾸 더 많은 땅을 차지하게 되잖니? 그러니 도시로 갈 수록 땅값만 자꾸 오르고, 그래서 부자들만 땅을 많이 지니게 되고, 나중엔 부자들 몇몇이 나라 전체를 차지하고 제왕처럼 군림하게 될 것이다. 또 모든 사람들이 그들처럼 소유하기 위해 전쟁을 일으키거나 환경 파괴에 정신 말살 같은 죄를 범하는 것이다. 그 예방을 위해서라도 이젠 함께 나누는 세상이어야 한다는 말이다."

선생은 아직 어린 도윤과 철묵에게 지주니, 민초니, 부르주아, 지배 계급, 분배, 혁명, 휴머니즘이니 하는 용어를 사용하지 않고 알아들을 만한 쉬운 언어로 설명해 주려고 노력했다. 그럼에도 도윤은 선생의 말을 동의하기가 애매했다. 누가 자기 소유의 땅을 거저 나눠 주겠는가? 강제로 빼앗아서 나눠 줘야 한다는 말인가? 아무리 잘못된 제도라서 바로잡아야 한대도 강제로 빼앗아 나누는 것도 옳은 방법은 아니라 생각했다.

"그러면 땅 주인에게 땅을 빼앗아 나누어야 하나요?"

"강제로 지주에게서 땅을 빼앗을 수는 없다. 그러나 사회 운동으로 먼저 민중의 인식을 바꾼 다음 정치적으로 개인이 욕심껏 땅을 소유하지 못 하도록 조세 제도를 바꾸어야 한다. 즉, 땅 많은 지주들이 스스로 땅을 내놓게 해야 하는 것이지. 그래야 진정 노동하는 이들이 정당한 대우를 받는 좋은 세상이 되는 것이지."

도윤은 선생의 말을 다 이해할 수는 없었다. 다만 어렴풋이나마 절대로 그른 생각이 아니라는 것은 믿을 수 있었다. 그래도 당장은 양반과 지주들 때문에 선생의 뜻대로 되기 쉽지 않을 것이란 생각이 들었다. 도윤의 생각과 다르게 철묵은 선생의 뜻에 크게 감동하고 선생을 적극 돕겠다고 나섰다.

그 무렵부터 글을 배우겠다고 나서거나, 선생을 존경해서 찾는 사람들이 많아졌다. 알고 보니 도윤의 아버지도 글을 배우려고 학당에 다니고 있었다. 낮에 배우는 아이들보다 밤에 배우는 어른들이 더 많다고 했다. 10리가 넘는 먼 곳에서도 밤마다 꼬박꼬박 다니는 어른도 있다고 했다. 대부분 아버지처럼 신분 낮은 소작인이거나 머슴살이 하는 사람들이라고 했다. 낮에 배우는 아이들도 도윤을 비롯해 몇몇은 그 자녀들이었다. 그 어른들은 모든 사람을 평등하게 여기는 이동학 선생을 존경하고 의지하기 시작했다. 그들은 천민으로서 신분에 의해 억눌려 살아온 사람들이 대부분이었다.

날이 갈수록 선생을 찾는 사람들 중엔 청렴한 양반도 몇 생겼다. 일제 치하에 줄을 잡고 매관매직까지 하며 부정부패했던 관리들을, 그들과 동조한 탐관오리들을 벌레만도 못 하게 여기는, 청렴한 양반들이었다. 이들은 선생과 함께 뜻을 같이했다. 일제가 망했으니 조선 시대처럼 전제 정치의 봉건이 아닌, 아무도 지배받거나 지배하지 않고 함께하고 같이 나누며, 모든 사람이 권리를 보장받는 민주 정권의 나라가 세워지기를 바라는 이들이었다. 또 그런 나라를 세우는 데 힘을 모으자는 뜻을 의기투합이라도 한 것처럼, 각자의 가슴에 무언의 약속을 하고 있었다. 자신을 돋보이려 하지 않았다. 어떤 이든 뜻을 함께하면 동지였고 동포일 뿐 지위고하가 없었다.

　민주학당을 다니며 또 한 해를 보냈다. 네 번째 해를 보내는 도윤의 나이가 열네 살이 되고 있었다. 도윤과 철묵은 민주학당 유생으로서 공부를 게을리 하지 않았다. 선생께 많은 것을 배웠다. 특히 선생은 두 제자에게 자신, 자식, 부모, 형제, 가솔, 친척, 이웃, 동무, 주민, 백성, 인류의 순으로 큰 사람일수록 넓게 품는다고 말했다. 그것으로 사람의 됨됨을 가름할 수 있다고도 말해 주었다. 자신만 아는 자, 즉 나뿐인 사람은 모두에게 나쁜 사람일 수밖에 없다며, 사람 사이를 아름답게 하며, 서로 더불어 사는 이들이 사람다운 사람이라고도 했다.

　언제부터인지 도윤은 하경에 대한 특별한 감정이 생겼

다. 하경의 머리부터 발끝까지 어느 한 곳도 예쁘지 않은 데가 없었다. 또, 목소리, 웃는 모습, 토라져 눈을 흘기는 모습, 동무들과 공기놀이 하는 모습, 심지어 밥 먹다 급히 화장실로 뛰어가는 모습까지 예뻐서 안아 주고 싶을 정도로 좋았다. 그런 마음과 다르게 행동은 부끄럽고 미안해서 눈도 마주치지 못했다.

도윤이 빠뜨린 붓을 하경이 챙겨 주며 눈을 마주하고 생글생글 웃어 주던 순간, 가슴에서 둥퉁당탕 큰북이 울리던 날이었다. 잠자리에 들도록 하루 종일 웃는 그 모습만 떠올라서 아이들이나 철묵과 어울려 노는 것도 시들했었다.

또 하경이 생글생글 웃으며 도윤을 불렀다.

"도윤 오빠! 이것 또 빠뜨렸잖아!"

이번엔 먹을 건넸다. 받아서 책보에 싸려는데 하경이 웃으며 도윤의 두 손을 마주 잡았다. 가슴속에서 누군가가 큰북을 쿵쿵쾅쾅 마구 두들겨 댔다. 도윤은 정신이 빠져나간 좀비처럼 멍청해져 하경이 이끄는 대로 따랐다. 하경은 철묵도, 선생도, 없는 은밀한 곳으로 도윤을 이끌었다. 아늑한 방인 듯, 높은 산마루인 듯, 안개 속 무릉도원인 듯, 어디인지 분간할 수 없었다. 둘만의 곳에서 하경의 입술이 도윤의 입에 닿고, 하경의 두 손이 도윤의 목을 감싸 안았다. 야릇하고 황홀하게 허공으로 떠오르며 높이 치올라 구름나라까지 다다르자, 도윤의 온 힘이 몽롱한곳으로 쏠려서 몸 밖으로 빠져나갔다. 구름은 서서히 걷히고 급격히 허무하게 꺼져 내렸다.

꿈이었다. 몸이 땀으로 젖은 데다 속고의가 끈적거리고 축축했다. 망친 기분은 도윤을 허망하고도 근심스럽게 했다. 그런 꿈은 처음이고 자신의 몸에서 오줌도 피도 아닌 액체가 나와 속고의를 적셨으니, 몹쓸 병이라도 든 것 같았다. 예전에도 가끔씩 야릇하고 싱숭생숭해지는 꿈을 꾼 적은 있지만, 이번처럼 속고의를 버리지도 않았고 허망하지도 않았었다.

종일 우울한 표정으로 말이 없는 도윤을 철묵이 그냥 둘리 없었다.

"야! 너 왜 그래? 무슨 걱정이 있구나? 뭔지 내게 말해 봐."

도윤은 철묵에게 하경 이야기만 빼고 이상한 꿈을 꾼 이야기를 털어놓고 싶었다.

"나 무슨 병인 것 같아."

"뭐? 병이라니? 어디가 어떻게 아픈데?"

철묵도 놀랐는지 진지하고 긴장한 표정이 되어 물었다.

"엊저녁에 온몸이 붕붕 뜨는 것 같고 기분이 야릇한 꿈을 꾸다가 깼는데 땀을 많이 흘리고 힘이 다 빠지고 허망하고 오줌도 똥도 아닌 끈적거리는 것을 쌌어."

"하하하하 에구 이 병아리야, 짜식, 너 몇 살인데 이제 몽정하고서 걱정이냐? 병 아니니까 걱정 마라, 이 숙맥아."

웃으며 설명하는 철묵을 멀뚱하게 바라보던 도윤이 뒷머리를 긁적거리며 의아한 표정으로 물었다.

"몽정?"

"그래 임마 나는 아홉 살 때 경험했다."

"그게 뭔데?"

"뭐긴 뭐야. 이제야 네가 사내 되기 시작한 거지."

"언젠 내가 계집인감?"

"임마! 장가가서 애 낳을 수 있는 진짜 사내 말이다. 네가 잉태시킬 수 있는 건강한 사내라는 말이지. 근데 이제야 그런 경험을 하냐? 체구는 호랭이도 때려잡게 생겨가지고…."

철묵에게 털어놓아 걱정은 없어졌지만, 여태 그것도 모르고 있었던 자신이 창피하고 자존심이 상했다. 철묵은 도윤에게 남녀 관계에 대한 여러 가지를 설명해 주었다. 여인의 몸과 남성의 몸이 다른 점과 성인 여인의 몸은 다달이 월례 행사를 치르는 것도 철묵에게 처음 들었다. 철묵은 아기를 열 달 동안 뱃속에 품고 고생하다가 낳는 고통까지 겪어야 하는 여성을, 사내들은 무조건 존경하고 보호해 줄 의무가 있다고 했다.

철묵은 자신이 처음으로 좋아한 여인에 대한 이야기도 했다. 열두 살 때 자신보다 세 살이나 많은 이웃집 여인을 사랑했다고 한다. 그 여인에게 장가보내 달라고 부모에게 조르기도 했었지만 여인은 이미 다른 곳과 정혼한 뒤였다. 일본군 위안부로 가는 것을 피하기 위해 과년하기 전부터 서둘러 혼처를 찾아 정혼한 거였다.

"정혼한 지 세 달도 안 돼서 혼인하고 말더라. 난 그날 혼자 뒷동산 가서 많이 울었다."

철묵의 이야기를 듣던 도윤은 자신도 하경을 친구나 후배가 아닌 여자로 좋아하고 있다는 것을 깨달았다. 그러나 마음속으로는 좋아하지만 그것을 밝히거나 표낼 수는 없었다. 일곱 살에 장가간 사람도 있다는데 열세 살이나 된 자신도 결혼할 수 있는 나이임은 분명하다. 그렇지만 아무리 신분 차이를 따지지 않는 선생이라 해도 자신의 딸 하경과 도윤을 같은 선상에 둘 수 없을 것이다. 하경과 자신

이 맺어질 수 있다는 생각은 꿈속에서라도 언감생심이었
다.

　가슴속으로만 좋아하고 이룰 수 없는 짝사랑을 한, 할아
버지 도윤의 첫사랑이 인겸의 가슴까지 아릿해 온다.

할아버지의 도라지

　사래고 교장과 축구 감독이 논쟁을 했다는 소문이 있었다. 축구팀이 묵는 기숙사에 가장 많이 나도는 이야깃거리다. 여학생 생각하느라고 잠시 잊었던 걱정이 다시 되살아났다. 이사장과 교장은 장인과 사위 사이라며 사립학교의 전형적인 구조라고 한다. 이사장이 사래고를 사게 된 것도 지금의 교장이 권했기 때문이라고 한다. 이사장은 딸만 하나라서 그 사위인 교장이 아들이다. 교장의 말이면 이의 없이 해 주는 이사장이라고 했다. 들려오는 상황들이 축구팀에게 불리한 말뿐이니 팀원들은 모두 심각해져서 말이 없다. 그중에서도 그 무거운 분위기를 가장 견디기 힘들어하는 건 인겸이였다. 축구부가 없어지면 당장 묵을 숙소부터 없다. 아르바이트 자리를 구하기도 어렵지만 구한다 해도 문제다. 축구 선수의 꿈을 접고 시골로 돌아간다 해도 이젠 땅과 집이 없다. 생각해 보니 할아버지는 인겸이에게 집이었고 땅이었다. 할아버지가 몹시 그립다. 진작 자신이 고독하고 고달픈 할아버지의 마음을 알아주지 못한 것이 몹시 후회되었다. 마음이 무겁고 답답해져서 또 운동장으로 나갔다. 늘 어둑했던 운동장 한복판이 둥근 달빛으로 고요하고 훤하다. 하늘엔 할아버지가 인겸이를 얼싸안은 듯, 할아버지의 할아버지가 어린 천도윤을 감싸 안은 듯 흰 구름이 달을 싸안고 처연하게 흘러간다.

아침을 먹는데 코치로부터 솔깃한 소식이 들렸다. 다행히 사래고등학교 축구팀의 문제가 일시적으로 가라앉을 것 같다는 말이었다. 학교 이사장과 사업 관계로 서로 협력하는 아주 큰 기업가가 나섰다고 한다. 그 기업가의 손자가 사래고 축구팀에 있어서, 팀의 전지 훈련 비용과 간식비 등을 후원하기로 했다는 이야기였다. 인겸이는 무슨 기업가가 여태 챙기지 않던 손자를 챙기는지 생뚱하게 느껴져 믿을 수 없었다. 코칭 스태프가 선수들 사기 떨어지지 않도록 꾸민 이야기일 것만 같았다.

세트 플레이 연습에서 양쪽 발 모두 킥이 잘되어 정확성을 인정받았다. 감독의 눈에 드는 데 성공한 인겸이는 침울했던 기분이 밝아졌다. 더구나 여학생들 앞에서 잘 해낸 것이 매우 우쭐하게 했다. 앞으로도 개인 연습을 더 열심히 하여 멋진 모습을 보이겠다고 다짐했다.

사래고교 축구팀은 중학교 축구팀과 비교도 할 수 없을 만큼 달랐다. 코칭 스태프들의 선수 관리와 관계를 위한 짓궂은 장난 등은 생소하면서도 즐거웠다. 문제는 갖추어야 할 용품들이 시골의 중학교 때와는 천지 차이다.

사래고 축구팀 선수들 대부분 축구화를 맨땅이나 인조 잔디 구장에서 신는 것과, 천연 잔디 구장에서 신는 것으로 따로따로 구비하고 있다. 맨땅이나 인조 잔디 구장에서는 축구화 밑창의 스터드, 즉 징이 짧고 많아야 편하고 좋다. 또 천연 잔디 구장에서는 스터드가 길고 적어야 미끄러지지 않고 편하다. 새로 입학한 1학년 선수들과 쌍둥이 오기만 형제는 맨땅용, 인조 잔디용, 천연 잔디용, 비올 때 신는 수중전용 등을 모두 최신 제품으로 구비해서 신는다. 신가드도 날씨와 계절에 따라 맞춰 착용하려고 비싼 최신 제품으로 몇 개씩 가지고 있다. 가방, 신축성이 좋은 언더웨어와 태클팬티, 글라스, 모자, 손목과 발목 보호대, 허벅지와 무릎 보호대에 밴드와 엠블렘까지 두루두루 갖춘, 용품 구비 수준만은 국가 대표급이었다.

인겸이는 그렇게 많은 용품들을 구비할 여유가 없다. 할아버지가 마련해 준 돈과 중학교 졸업 때 학교 저금을 탄 돈을 아끼고 아껴 썼어도 1학년 한 해 동안 다 떨어졌다. 값싼 신가드와 맨땅용 스터드의 일반 축구화 한 켤레로 지탱해 왔으나 당장 축구화를 구해야 할 형편이었다. 그동안 키가 자란 만큼 발도 자라서 축구화가 옥죈다. 더구나 밑창의 스터드도 아웃사이드가 닳아서 갑자기 방향을 바꿔야 할 때 미끄러질까 불안하다. 밑창을 갈아 신을까, 했는데 2만 원이나 든다 하니 돈이 있다면 차라리 그냥 하나 새로 사는 것이 나을 것이다. 그뿐만이 아니다. 유니폼은 개인 마음대로 하는 것도 아니고 단체가 바꾸면 같이 바꾸어야 한다. 그때마다 특별한 후원이 없으면 구입비를 본인이 내야 한다. 복장도 경기복과 트레이닝복, 행사나 이동할 때 입는 단체복을 각각 구비해야 하고 이 모두 계절마다 다르게 준비돼야 한다. 경기복도 상대편과 구분해야 할 때도 있고, 홈과 어웨이 경기에 따라 색깔이 다르고, 계절과 날씨에 따라 다르다. 이 모든 것을 팀에서 정하는 대로 따라야 하니 인겸이를 압박하는 고민거리였다. 혼자 고민하던 인겸이는 한숨만 나왔다.

새벽 훈련을 겨우 마쳤다. 훈련 내내 발이 옥죄어 괴로웠다. 축구화를 벗어 들자 옥죄어 고생했던 발가락과 뒤꿈치가 열을 올리며 와락와락 불평을 해 댄다. 발가락과 뒤꿈치가 가여워 어루만져 본다. 아침을 먹고 나면 오전 훈련이 시작될 텐데 또 얼마나 발을 괴롭혀야 할지 걱정이다.

"인겸아 너 요즘 이상하다. 무슨 고민이 있니?"

인겸이를 지켜보던 장욱이가 아무래도 그냥 둘 수 없었던지 참견해 왔다. 인겸이는 말하고 싶지 않았지만 누군가에게 털어놓고 조언을 듣는 것도 괜찮겠다는 생각이 들었다. 빨갛게 부르튼 발가락과 발뒤꿈치를 장욱에게 보이며 축구화를 조용히 내밀었다. 잠시 어벙하게 축구화와 발을 바라보던 장욱의 눈이 동그래졌다.

"야, 너 여태 이 발로 공을 찬 거야? 아이고! 지독한 놈아."

산을 가리켰는데 나무만 보더란 말처럼 장욱은 인겸이가 가리키는 것이 무엇인지 관심도 없다. 키 크고 속없다는 옛말이 맞는 말임을 증명이라도 하려는지, 뒤꿈치와 발가락 부르튼 것만 걱정했다. 발가락이 그렇게 된 까닭이 축구화 때문인 것까지 장욱의 관심 안에 넣기는 무리였다. 인겸이는 장욱에게 고민을 털어놓고 좋은 방법을 구하려던 생각을 포기했다.

"야! 팀 닥터께 발가락 보이고 치료 받아라."

자기 딴엔 생각해 주는 말이지만 인겸이는 하나도 고맙지 않았다. 팀 닥터에게 보이면 모두에게 알리는 꼴이 되는데 무너지는 자존심을 감당할 수 없다. 그럴 생각이었다면 차라리 감독에게 털어놓고 처분을 바랐을 것이다.

"제발 입 다물고 모르는 척해라 부탁이다."

인겸이 조용하고도 진지하게 말하자 장욱은 더 이상 나서지는 않았다. 다만 발가락에 바르라고 자신이 사용하던 연고와 반창고를 내주었다. 그거라도 매우 고마웠다.

"둘이 뭔 역적모의를 하간 그리도 속닥거리니?"

이영찬이었다. 둘이 무슨 일을 도모할 생각을 하는 것은 아닌지, 주장으로서 관리 감시하는 것 같다. 인겸이는 얼른 축구화를 이영찬에게 보이지 않는 쪽으로 치웠다.

"인겸이, 누가 찾아오셨다는데 교무실 앞으로 나가 봐라."

찾아올 사람이 없는데 누구인지 궁금해서 얼른 슬리퍼를 끌고 나가 보았다.

게시판을 들여다보고 서 있는 사람이 평소 차림새가 아니지만 분명 사청 아저씨였다.

"아저씨!"

아저씨가 학교까지 찾아올 줄 상상도 못 했다.

"잘 지냈냐?"

"예, 그간 안녕하셨어요?"

평소와 다르게 양복 차림에 코트를 두르고 이발과 면도까지 말끔히 한 신사 모습이라서 하마터면 알아보지 못할 뻔 했다.

"그새 훌쩍 컸구먼."

"무슨 일 있으세요? 여기까지 오시고?"

"이쪽이 잘 아는 이가 아들 혼인여서 오는 길이 너 즘 볼라구 일찍 나선 겨."

아저씨를 급식실로 안내하고 잠시 앉도록 의자를 내놓았다. 물밖에 없는데 마침 조리사가 보고 믹스커피 하나를 내주어 컵에 타서 아저씨께 건넸다. 커피를 받아 한 입 마신 아저씨가 말을 꺼냈다.

"너 용돈 떨어질 때 안 되냐?… 니 할아버지 말여, 도윤 성님이 지셨던 산밭을 내가 맡어서 져 먹는 거 알지? 성님이 그 밭이다 하얀 꽃만 따로 골라서 가꾼 백도라지가 즘 되더라. 3년을 넘기기 전이 캐다 파는 게 도라진디, 니 할아버진 두 해마다 옮겨 심으메 한 6년을 정성껏 가꾼 거라

인삼보다두 실허더구나 그거 내가 이번이 캐서 돈 맹길어 왔다."

사청 아저씨는 코트 안주머니에서 흰 봉투를 꺼내 인겸이에게 내밀었다.

"다 캐니께 1,000킬로가 조금 못 되는디 680만 원 받어서 운임비랑 사람 하나 산 인건비 좀 빼구 665만 원여. 소매허면 더 많이 받었겠지면 포장거리두 마련허야 되구 주문 받어가메 택배두 보내야 허구, 그만큼 오래 걸리구 손이 많이 가야 되서, 바쁜 내가 혼저 헐 새가 옶겄더라. 그리서 그냥 도매루 넹겨 버렸다. 그려두 육 년근이라서 야생 도라지맨치 금을 잘 받은 겨. 니 작은아배헌틴 말허지 말구 너 용돈 궁헐 텐게 두구 써."

"예, 고맙습니다."

도라지 같은 것이 심어졌는지 아저씨가 말하지 않으면 인겸이도 작은아버지도 모를 것이다. 스스로 캐다 파는 고생하며 고스란히 갖다 준 아저씨가 고마워서 코끝이 아리다. 마침 돈 떨어져 고민인 인겸의 사정을 헤아려 구해 준 아저씨의 뒷모습을 보며 눈물을 훔쳤다. 또 자신을 위해 도라지를 가꾸신 할아버지를 생각하니 가슴이 저려서 참을 수가 없다. 화장실로 달려가서 한참 동안 눈물을 진정시켰다.

인겸이는 갑자기 행운처럼 얻어진 이 용돈이 다 쓰이기 전에 프로팀 스카우터들의 눈에 띄어야 축구계에서 살아남을 수 있을 것이라는 생각을 했다. 최대한 아껴 쓰기 위해 할인 판매장에서 58,000원짜리 맨땅용 축구화 하나 사고 나머지는 자신의 통장에 입금했다.

밤이 되니 사래고 팀 문제가 다시 설왕설래했다. 독지가의 후원을 받게 되었다고도 하고 낭설이라고도 한다. 선수단이 온통 긴장감으로 조용한 것 같으면서도 여기저기서 불만 소리가 들끓었다. 인겸이는 심난한 분위기를 피하기 위해 할아버지 일기를 들고 또 교내 도서관으로 향했다.

미군정과 남로당 그리고

해방되어 좋은 마음도 가시기 전에 북쪽은 소련군에게, 남쪽은 미군에게 통치권이 넘어가게 되었다. 신탁 통치 반대 시위가 일어나며 새 정부 수립을 놓고 몹시 혼란했다. 일제가 망하고도 마지막까지 조선 총독부에 남아 있던 일본인들은, 안전하게 조선을 떠나기 위해 삼팔선 이남의 통치권을 맡은 미군에게 거짓 정보를 넘겼다. '모든 조선 사회가 공산주의에 물들어 자본주의 미군정을 반대한다'는 거짓 정보였다. 특히 자신들이 집권 당시 요주의 인물로 검거 대상이었던, 민족주의 반일 애국자들의 명단을 미군에게 넘기며, 미군정에 걸림돌이 될 반미 공산주의자라고 모함했다. 바로 미국과 소련이 한반도를 남북으로 나누어 통치하는 데 일제가 한몫을 한 셈이다. 그들은 마지막으로 본국에서 지폐를 마구 찍어 헬리콥터로 날라 왔다. 그 돈으로 가져갈 만한 가치 있는 물건들을 닥치는 대로 사서 본국으로 가지고 갔다. 이때 국보급 유물들도 상당하게 일제로 넘어갔다고 한다. 그로 인해 상상을 초월할 만큼 많은 돈이 한꺼번에 조선 시장에 쏟아졌고, 인플레이션 거품으로 쌀값이 2,400%나 오르는 등, 민중은 쓰레기 같은 돈더미에 눌려 망하게 되었다고 한다.

도윤은 당시에 어찌 그리 돈이 흔하게 되었는지 몰랐었다. 다만 백 원짜리 한 장만 가지고도 웬만한 집 한 채를 살 수 있었던 돈이, 뭉치로도 송아지 한 마리 살 수 없도록 가치가 떨어진 것이 사실이었다. 더러는 생선 몇 마리를 사는 데 지게에 돈을 지고 가더라는 다소 과장된 소문이 돌 정도였다. 그 와중에 돈을 모은 사람은 망하고 돈으로 땅이나 금붙이를 사 놓은 사람은 부자 되었다는 소문도 있었다. 얍삽한 고용주로부터 몇 달 체불되었던 임금을, 돈으로 한꺼번에 받은 노동자가 아무 것도 살 수 없어서 울었다는 말도 돌았다. 그 안에 결혼한 철묵도, 그 인플레이션의 가장 큰 피해자가 자신이라고 주장했다. 그의 집에선 철묵을 정혼한 여인과 결혼시키려고 결혼 비용을 준비했었다. 그러나 혼인날 가까이엔 돈이 돈이 아니니 빚을 얻어 잔치할 수도 없고 혼인 잔치가 엉망이 되었다는 거였다. 신부도 역시 미리 준비해 두었던 혼수품 외엔 더 해 온 것이 없어서 아쉬워한다는 거였다. 사실 도윤의 할머니도 열흘간 베를 짜 주고 받기로 약속한 보리 한 말 대신, 돈으로 20원이나 받았다고 좋아했으나 그 돈으로 겨우 겉보리 두 됫박밖에 사지 못했다. 그전 같으면 쌀로 한 가마를 사고도 남을 돈이라고 했다. 결국 돈은 휴지 조각처럼 쓸모없어지고 곡식이나 옷감 등 물건으로 거래하는 시장이 되어 버렸다. 원시 시대처럼 물물 교환을 하는, 망한 조선 시장이 된 것이었다.

이동학 선생은, 속히 정부가 수립되어야만 혼란을 가라앉히고 엉망이 된 조선 시장도 살려 낼 수 있다고 주장했다. 민주학당을 드나드는 사람들이 이젠 50명이 넘는다. 조그만 지역인데 엄청 많은 인원이다. 전국의 곳곳에 비슷한 모임이 많이 생겼다고 한다. 조선을 위해 잘된 일이라고, 더 많이 생기고 온 국민이 뜻을 같이해야 옳다고 주장했다. 도윤은 처음에 하경을 만나는 재미로 민주학당에서 살다시피 했으나 요즘은 철목처럼 선생의 뜻에 동조하고 적극적으로 따르기 시작했다.

일제 강점기의 후유증으로 사회 혼란은 가라앉지 않고

점점 더해 갔다. 문제는 위도 38도 선을 분계선으로 남과 북을 소련과 미국이 나누어 점령한 데서 비롯되었다. 한반도의 조선 사람이라면 누구나 남북을 가를 것 없이 단일 정부 수립을 바라고 있었으나, 미국과 소련은 신탁 통치 군정을 이어 자국이 원하는 체제의 정부 수립을 꾀할 뿐이었다. 일제가 조선 근대화란 구실로 한일 합병을 강행한 것처럼 미, 소 또한 그랬다. 한반도에 정부 수립을 돕기 위한 임시 통치라 했지만, 만약 그런 구실이라면 한반도 전체를 통치하는 조선 정부 수립을 하도록 돕고 그 다음은 모두 철수해야 옳다. 미, 소 양쪽 군대의 장기간 신탁 통치는 조선으로선 또 다른 외세의 식민지가 되는 거였다. 조선 사람 입장에서 이를 반대하는 것은 당연한 일이었지만, 미, 소, 특히 미국에겐 한반도란 일제로부터 노획한 전리품일 뿐이었다. 온 국민이 바라던 진정한 해방이란 없고 또 다른 식민지의 지속일 뿐이었다. 전국 곳곳에서 군중이 일어나 신탁 통치를 반대하며 진정한 조선 독립의 단일 정부 수립을 요구하고 나섰다.

미군정은 모병을 시작하여 일제 때 군인, 경찰이었던 인물들을 중심으로 조선을 관할할 군대를 조직하기 시작했고, 일제가 제공한 정보대로 시위 군중 모두를 공산주의 반미 세력으로 여겼다. 실제로도 사회주의 조직체인 남로당 조직이 시위대를 주도했지만 미군이 생각하는 것과 달리 남로당의 처음 목적은 반미가 아니었다. 이동학 선생이 바라는 것처럼 남북조선 단일 사회민주주의 정부 수립으로 온전한 독립이었다. 조선 사람이라면 양반 세도가를 빼고 대부분 당연하게 여기니 여론이 남로당에게 유리했다. 남로당 세력은 날로 커져 가고 있었다.

그때 정판사 위조지폐 발행 사건이 터졌다. 이 사건으로 남로당은 위기의 벼랑으로 내몰렸다. 남로당 세력이 급격히 약해져 내렸다.

이동학 선생은, 조선 공산당 중앙위원회 기관지인 해방일보를 찍어 냈던 정판사는, 결단코 위폐를 찍을 수 없다고 주장했다. 한 인쇄소에서 조선 경제를 흔들 만큼 위폐를 찍어 내려면 얼마 동안 걸리며 인력은 얼마나 필요한지, 그 용지와 잉크를 비롯한 용품들의 양을 얼마나 확보해야 되는지 가늠해 보면 알 것이라고 했다. 또한 그만한 양을 비밀리에 유통시키는 게 가능한지 제대로 반영하지 않았다고 주장했다. 단지 경찰이 피고의 자백만으로 기소했으나, 피고인들이 모두 고문에 의한 거짓 자백이라고 법정에서 진술을 번복했으니, 명백한 무혐의라는 말이었다.

선생은 이어 '정판사 지폐 위조 사건은 오히려 미군정이 남로당을 궁지에 몰기 위해 음모 조작으로 덮어씌운 것'이라고 했다. 즉 '일제가 어마어마하게 뿌리고 간 돈이 인플레이션 현상을 불러와 망치게 된 조선 경제를, 남로당의 정판사에서 찍어 낸 위조지폐 때문으로 몰아간 미군정'이라고 강설했다. 검찰이 제시한 증거물이란 것이 겨우 시장 어디서나 구할 수 있었던 위폐 두 장뿐이라며, 증거 불충분인 사건을 미군정이 확정 판결했기에 더더욱 미군의 음모 조작이라는 말이었다. 남로당의 자금 상황이 위폐를 찍을 만큼 궁핍하지도 않았으며, 온건파인 남로당이 사회 혼란을 목적으로 그런 짓을 했다는 미군정의 발표가 설득력이 없다는 말이었다. 이동학은 자신은 남로당에 가입하지 않았으나 이제라도 가입해야겠다고 했다.

도윤과 철묵을 비롯해 민주학당에서 공부하는 어른들도 선생의 주장을 사실로 믿었다. 전국적으로도 미군정이 발표한 내용을 믿지 않는 사람들이 꽤 많았다. 남로당 조직을 약화하는 데는 미군이 성공했으나 남조선에서의 미군이 원하는 남조선 단독 정부 수립에 대한 반대는 생각보다 그리 쉽게 가라앉지 않았다. 그 까닭은 미군정이 조선 총독부의 친일 관료들을 고스란히 기용하고, 중요 친일 인사들을 끌어들여 그들과 함께 정부 수립을 꾀하기 때문이었다. 각 부문의 제도나 규범도 일제 잔재들을 그대로 온존시키고 있었으니, 일제의 황민 의식 타파를 하려는 민족 의식 인사들은 이를 간과할 수 없었다. 특히 과거 일제 당시 경찰이었던 자들과 관리들이 미군정 경찰과 관리로 변신해서, 밀수품 단속한답시고 저지르는 모리 행위가 민심을 더욱 자극하고 있었다. 전국 곳곳에서 남조선 단독 정부 수립을 반대하는 시위가 다발로 이어질 수밖에 없었다. 남로당이 강경 투쟁으로 변하는 시기였다.

이때 서북청년회가 나타났다는 소식이 들려왔다. 그 중심 회원 대부분이 북에서 쫓겨 남하한 친일파나 권력가였고, 지주였거나 서울 명동과 종로에 거점을 둔 주먹패들이라고 했다. 북을 장악한 소련군과 공산당의 심판을 피해서 내려온 이들은, 미군정 반대 세력의 주축인 남조선로동당, 즉 남로당과 대립하게 되었다. 미군정이 정판사 위폐 사건을 남로당 소행으로 결론 내자 서북청년단에겐 공산당 타도에 큰 구실이 되었고, 물리적 충돌에서 밀린 남로당이 와해되고 박헌영 총재가 월북하는 계기가 되었다. 자연스럽게 미군정은 서북청년단을 옹호해 주고, 미군 통치에 걸림돌이 되는 세력을 제거하는 데 서북청년단을 철저히 악용했다..미군정은 남조선 단독 정부 수립을 반대하는 세력들이 함부로 나설 수 없도록, 공산당으로 몰아 폭력과 학살로 탄압했다. 그 대표적인 사건이 바로 이승만 정부가 수립되기 전 해부터 시작된 제주도 양민 학살이었다. 도윤은 이승만 정권이 수립되고 자신이 열네 살 되던 해에 처음 제주 양민 학살을 알게 되었다.

흰 서릿발이 온 누리를 융털같이 덮은 늦가을 아침이었다. 말쑥한 양복 차림의 신사가 이동학 선생을 찾아왔다. 그는 제주 4 · 3 사건의 새로이 일어난 일들을 전했다.

"제주돈 지금 난리두 아니고 만이라오. 지난 3월 10일버텀 도청허고 군, 면은 물론이고, 학교, 우체국까장 직원덜 열에 아홉 명은 참가허고, 경찰까장도 다섯 중이 한 명은 시위에 끼었다 네요. 제주 검찰선 관련자덜 찾어 검거허는디, 군중은 반대로다 검거된 사람덜을 석방허라고 난리친께, 또 그 군중헌티 총을 쏴부렀소. 긍께 양민헌티 발포허고 오리발 내는 꼴을 보고만 있을 남로당이 아닌께, 김달삼 등 제주 남로당 당원덜이 무력 투쟁을 했는디오, 열두 개 지서를 공격, 무기를 탈취허고 경찰관, 서북청년단, 대한독립촉성회 등 우익단체들 집을 습격허고 현장서 가족까장 처형했다더만요."

이야기를 듣던 이동학 선생은 낯빛이 하얗게 질리며 탄식했다.

"오호~! 큰일 났군. 그런 살인 투쟁은 옳지 않고 정부에게 탄압할 구실만 마련해 줄 뿐인데…."

잠시 이야기를 끊었던 신사는 선생의 말을 받아 이야기를 이어갔다.

"그러잖아도 이승만 정부군이 더 강력허게 나왔단께요. 제주 해변서부터 5km 이상 내륙 쪽으로론 통행 금지령을 내려 뿔고, 그 내륙쪽 모든 도민헌티 한 달 안으로다 해변으로 철수허라 포고했다더만요. 그 많은 주민덜이 조상 대대로 살아온 터전을 버리고 으쩨 한 달 안으로다 거처를 마련허고 이사 나올 수 있었겄소? 꼭 한 달 되던 날버텀 비상 계엄령 선포허고 철수허지 못헌 사람덜 집이고 세간이고 몽땅스리 불 질러 뿔고 보이는 대로 닥치는 대로, 애던 으른이던 임산부던 극노인까장 무작껀 죽였다더만요. 도망가 숨은 사람까장 집요허게 찾아서 지금까지 잔인허게 학살허고 있다더만요."

이와 같은 내용을 전한 신사는 도윤과 철묵을 내보내고 선생과 한참 동안 이야기를 나누고 잰걸음으로 돌아갔다.

다음 날 선생은 믿을 만한 사람을 모아 놓고 제주도의

양민 학살 사건을 알렸다. 또한 남조선 노동당을 부당하게 탄압하고 있다며, 이에 강력한 정신으로 무장하여 굴하지 않는 투쟁으로 바로잡아야 한다는 말까지 덧붙였다. 도윤은 철묵처럼 선생이 시키는 대로 돕겠다고 다짐을 했다. 솔직히 선생이 하는 일을 잘 이해하거나 절대 공감하진 못했다. 남로당 사람들이 지서와 우익 단체 사람들을 습격 살해했다는 점도 걸렸다. 다만 선생을 존경하고 하경에게 잘해 주고 싶기 때문에라도 적극 도우리라 다짐했다.

'내 나이 열다섯 살 때다. 지금처럼 TV나 인터넷이 없던 시절이라지만 라디오와 신문은 있었다. 그러나 그때는 라디오를 가진 서민은 거의 없었다. 또 글을 읽을 줄 아는 사람이라 해야 겨우 초등학교급인 국민학교에 다녔을 뿐, 신문을 제대로 독해하고 구독할 만큼 형편을 갖춘 사람도 많지 않았다. 입으로 전해지는 소문이야 중간에 잘라먹기도 하고 변하거나 부풀려지는 수가 많았다. 더구나 권력을 쥔 미군이 자신들이 불리한 소문에 대한 대응을 안 할 리 없었고, 미군에 붙어 권력을 쥔 친일파와 그 세력들 또한 그런 소문을 그대로 간과할 리 없었다. 그들이 방송하거나 관변 조직을 통해 들려주는 것은 모두 왜곡되었다고 봐야 옳다는 생각이다. 그래서 더욱 이동학 선생의 인편으로 전해지는 소식통이 진실임을 믿을 만했다'고 일기에 적어 놓은 도윤이었다.

신사가 다녀간 며칠 후 선생이 도윤과 철묵을 학당 뒤쪽 창고 옆에 낸 골방으로 은밀히 불렀다. 골방에는 단 한 번도 보지 못한 것들이 펼쳐져 있었다.

"여기 있는 것을 등사기라고 하는 거다. 똑같은 문구를 여러 장 찍어 내는 것이지. 이건 철판이고 이건 철필이고 이건 원지, 이건 망판, 저건 등사용 롤러와 잉크, 이건 글씨 지우는 에나멜 연고… 그리고 양초, 화로 불과 부젓가락 이렇게 필요하다."

도윤과 철묵이 묻기 전에 선생이 등사기와 등사 방법을 설명했다.

"나는 오늘부터 이 등사기로 제주도의 일을 인쇄해서 널리 알리고 민족 단결로 미군정을 몰아내는 데 힘쓸 것이다. 너희가 나를 좀 도와다오. 그리고 명심할 것은 우리가 이 일을 하는 것을 아무도 모르게 해야 한다."

선생은 차례대로 직접 시범을 보였다.

"자, 이렇게 하면 된다. 철묵은 글씨를 반듯하게 쓰니 철필로 원지에 긁어 쓰는 것을 해라. 쓰다 글씨가 틀리면 이 에나멜 연고를 발라 지우고 에나멜 연고가 솟거든 그 자리에 다시 쓰면 된다. 인쇄는 도윤의 몫이니 둘 다 잘 봐라."

철묵에게 금속판에 기름종이인 원지를 대고 송곳 같은 철필로 긁어 쓰는 방법을 가르쳐 주었다. 그 다음은 인쇄 방법을 도윤에게 보였다. 망판 틀에 양초를 충분히 녹여 붙이고 이미 긁어 써 놓은 원지를 망판에 댄 다음, 화로에 달군 부젓가락으로 양초를 녹이며 원지를 팽팽하게 붙였다. 망판 밑에 인쇄할 한지 뭉치를 원지 문구에 맞게 가지런히 대놓고 망판을 눌러 대었다. 원지가 한지와 맞게 대어진 것을 확인하고 롤러에 잉크를 고루고루 발라서 원지에 대고 누르며 밀었다. 롤러가 구르며 원지 위에 잉크가 빈틈없이 발라졌다. 원지가 붙은 망판을 올려 젖히니 한지에 글씨가 또렷이 찍혀 있었다.

"이렇게 한 장씩 찍어 내는 거다. 해 볼만 하겠니?"

도윤이도 철묵에게 질세라 얼른 선생에게서 롤러를 받았다. 선생이 찍어 낸 원지에 인쇄할 한지를 반듯하게 대놓고 잉크를 골고루 묻힌 롤러로 원지를 누르고 굴리며 잉크를 발랐다. 철필로 긁어 쓴 대로 한지에 글씨가 찍혔다. 원지를 젖히고 찍힌 한지를 들여다보았다. 골고루 인쇄된 것 같았지만 글자가 흐려서 잘 보이지 않는 부분이 있었다. 다시 원지를 대고 재차 밀고 들여다보았다. 처음 밀었을 때와 약간 어긋나서 글씨가 겹쳐져서 더 알아볼 수 없었다. 단번에 잘 찍어 내야만 글씨들이 뚜렷하다는 것을 알았다.

"롤러에 잉크가 골고루 발라져야만 글씨들이 잘 나오지."

잘못 찍힌 한지를 걷어 내고, 선생의 지시대로 롤러에 잉크를 골고루 잘 묻혀서 다시 밀었다. 처음보다 글씨가 뚜렷하게 나왔다.

"음! 둘 다 처음 해 보는 솜씨치곤 꽤 잘하는구나."

선생께 처음 칭찬을 들은 도윤은 기분이 좋았다. 철묵은 원지가 중간에 찢어지거나 늘어나서 잉크가 새면 갈아 댈 새 원지를 긁고 있었다. 타고난 사람처럼 글씨를 또렷하게 잘 써냈다. 어쩌다 잘못 쓰거나 빠트리면 에나멜 연고를 칠하고 솔은 다음 다시 써 넣으면 잉크가 새지 않게 수정할 수 있었다.

도윤과 철묵은 등사기로 한 번 작업에 수백 장씩 유인물을 찍어 냈다. 제주도 사건에 대한 실체를 알리는 내용이었다. 선생은 철묵과 도윤이 찍어 낸 유인물을 야간반인 어른들에게 나눠 주었다. 야간반 어른들 몇몇이 읍내 장터에 가지고 나가 벽에 붙이거나 사람 많이 다니는 곳에 호외로 뿌렸다. 그동안 일을 하면서도 밤에 민주학당을 다니며 밤마다 모여 공부하는 어른들에게도 제주도 사건은 충격이었다. 도윤의 아버지 천장돌은 일요일에 교회나 오일장이 서는 날 버스 정류소, 또는 기차역 대합실 같은 선생이 지시한 곳에 유인물을 갖다 놓는 일을 했다. 팔 물건 속에 유인물을 넣어 지고 고개 넘어 논두렁 밭두렁을 돌고 돌아 징검다리 건너 다른 읍내까지 갖다 놓기도 했다.

시작한 지 한 달이 채 못 된 장날이었다. 천장돌 씨는 선생이 지시한 읍내 콩나물 공장 앞에 갖다 놓다가 서북청년 단원들에게 발각되어 지서에 잡혀갔다.

천장돌은 사흘간이나 모진 고문에도 민주학당을 말하지 않고 버텼다. 사흘째 되는 날 저녁때쯤 천장돌을 아는 척하는 순사가 있었다.

"이봐! 짱똘이! 나 즘 똑바루 봐! 나 물러?"

죽었다고 소문났던 일제 때 순사 이상태, 즉 이주동의 삼촌이었다. 죽었다던 그가 코앞에 서 있으니 처음엔 자신이 고문당하다가 저승에 오고야 말았구나 했다. 일제의 고문 기술을 고스란히 당하며 몇 번이나 혼절했기 때문이었다. 천장돌은 만신창이가 된 채 나흘 만에 풀려났다.

"짱똘아 너 여기서 나가는 것 내 덕인 줄만 알아라."

도윤네 가족은 모두 이주동의 삼촌 이상태가 한 말을 믿었다. 원수니 악수니 해도 한마을에 산 덕을 보았다고 매우 고마워했다. 하지만 이상태는 도윤의 아버지 천장돌을 그냥 풀어 준 것이 아니었다. 상감마을의 모든 이씨들에게 천장돌을 철저히 감시하라고 당부하고 임시로 내보낸 거였다. 나흘째 되던 날 석방된 천장돌은, 고문으로 망가진 몸을 어쩔 수 없어서 민주학당을 들르지 못했다.

인겸이는 할아버지의 일기를 읽으며 진실과 왜곡에 대해 생각하게 되었다. 권력자의 힘은 진실도 거짓으로 만들고 거짓을 진실로도 만들 수 있다는 것을 깨달았다.

전국고교축구대회 결승전과 의문의 축구화

코치진에서 발표했던 대로 독지가의 후원으로 겨울철 전지훈련을 끝냈다. 그 덕에 봄철 전국고교축구대회에 임하고 있다. 독지가는 이번 대회에서 좋은 성적을 내면 계속 후원하기로 약속했다고 한다. 인겸이도 이번 대회에서 잘해야만 축구를 계속할 수 있다. 다행히 본선에 오른 서른두 팀이 여덟 조로 나누어 상위 두 팀을 뽑는 16강전과 8강전을 통과했다. 이젠 4강전을 통과하고 결승에 오르면 독지가가 제시한 좋은 성적을 이루는 것이다. 그만큼 인겸이나 사래고교 팀의 사활이 걸린 4강전이다.

그렇게 철저히 준비했어도 사래고교는 8강전에서 부산의 청운유소년팀에게 선제골을 내주고 경기 내내 고전했다. 후반 막판 3분을 남겨 놓고 센터 서클 부근에서 상대 선수의 파울이 있었다. 프리킥을 인겸이 차게 했다. 회전 없는 킥으로 강하게 슛했다. 대포알처럼 일직선으로 날아간 공은 왼쪽 골대 구석으로 빨려 들어갔다. 연장전을 치를 수 있게 된 것이었다. 찬스와 위기를 서로 주고받으며 체력이 바닥나도록 연장전까지 끝냈지만, 양측 모두 골이 터지지 않았다. 승부차기에서 청운유소년 선수들의 실축으로 사래고 팀이 4대 3 승리, 4강에 올랐다. 승운이 좋아서 내용은 졌고 결과만 이긴 경기였다. 4강까지 오르는 건 성공했으나 체력 소모가 너무 많았다.

4강전 대비 훈련에서 인겸이를 비롯한 공격형 미드필더들에게 특별한 임무가 주어졌다. 상대 팀의 리베로인 중앙 수비수를 경계하고 마크하라는 임무였다. 공격수에게 수비수를 마크하라니 좀 아이러니하지만 분명히 감독은 그렇게 주문했다. 인겸도 그 의도를 충분히 이해했다. 감독의 의중을 파악했으니 팀원들과 호흡을 맞추며 전술 훈련으로 잘 준비해야 한다. 감독의 설명에 집중하고 있는데 장욱이 인겸이의 팔을 툭툭 쳤다.

"인겸이 너 찾는 것 같은데? 니네 작은아버지 아니니?"

장욱이 턱으로 가리키는 교무실 쪽을 보니 훤칠한 키에 이마가 넓은 모습이 작은아버지였다. 생판 모르는 남을 대하듯이 인겸이를 대하던 작은아버지가 무슨 일로 찾아온 것일까? 어쨌든 무척 반가웠다. 코치에게 손님이 찾아왔다고 전하고 얼른 달려갔다.

"작은아버지! 그간 안녕하셨어요?"

무엇이 그리 못마땅한지 잔뜩 우그러진 얼굴로 인사도 받지 않고 퉁명스럽게 묻는다.

"혹시 너한테 마지국 영감이 갖다 준 것 뭐 없냐?"

사청 아저씨가 도라지 팔아 준 돈을 말하는 것 같다. 작은아버지에겐 말하지 말라던 아저씨의 당부가 생각났다. 직수굿해져서 일단 모르는 척하기로 했다.

"아뇨, 제게 갖다 줄 것이 뭐 있대요?"

"정말이야? 네게도 갖다 준 게 없단 말이지? 알았다. 요 영감탱이 내가 가만 안 둘 거다."

작은아버지는 오랜만에 만난 인겸이는 더 상대하지 않고 그대로 돌아서서 가 버렸다. 인겸이는 그런 작은아버지가 야속하고 섭섭했다. 어쩌면 하나뿐인 조카에게 그럴 수 있는지 서러워서 가슴이 울컥했다. 저대로 사청 아저씨에게 시비를 하러 간 것이 분명하다. 사청 아저씨에게 알려야 할 것 같았다. 휴대폰이 없으니 교문 밖의 공중전화로 달렸다.

신호가 한참 울려서야 받았다.

"여보슈?"

사청 아저씨의 목소리임을 수화기 소리로도 확실히 알 수 있었다.

"아저씨, 저 인겸이에요."

"잉 그려 인겸아. 웬일루 즌화헀냐?"

안부 인사 따위는 여쭐 여유도 없이 용건부터 꺼냈다.

"아무래도 작은아버지께서 도라지 파신 걸 아셨나 봐요. 방금 제게 오셨었는데요. 일단 저는 모르는 척 했더니 아저씨께 가실 것처럼 말씀했어요. 어쩌면 좋죠?"

사청 아저씨는 그게 무슨 큰일이냐는 듯이 담담하게 말했다.

"인겸아 뭘 걱정허냐? 그랬다면 내가 니 작은아배헌티 애기를 잘 허면 되지. 넌 걱정 말구 절대루 그 돈 니 작은아버지헌티 줄 생각 마러. 도라지는 니 할아버지가 니 학자금으루 쓰신다구 심구 가꾸던 거여. 그러니께 니 몫인 거여. 니 작은아버진 아무 상관 읎는 돈이란 말여. 도윤 성님이 사셨으면 그거 한꺼번이 다 캐지두 않구 조금씩 캐다 팔어서 니 용돈 대 주셨을 게다. 알었지?"

"예, 아저씨 그럼 그렇게 알게요."

안심하라는 말에 대답하며 수화기를 놓았지만 작은아
버지가 어떻게 나올지 불안했다. 도라지 판 일을 알았다면
분명히 가만히 있지 않을 것이다.

근심이 잔뜩 어린 얼굴로 운동장에 나타난 인겸이를 감
독이 불렀다.

"천인겸! 지금 얼마나 중요한 상황인데 개인 행동이냐?
누가 찾아왔든 말든 훈련할 때 만나면 어쩌니? 너 하나 때
문에 너랑 호흡을 맞춰 봐야 할 팀원들까지 훈련에 임할
수 없잖니? 팀플레이는 혼자 하는 게 아니기 때문에 훈련
시간도 꼭 지켜야 한다. 다음부턴 누가 찾아왔어도 훈련
끝날 때까지 기다리게 하고 만나라. 알았냐?"

"예, 알겠습니다. 죄송합니다."

진심으로 미안한 인겸이는 감독에게 머리를 숙였다.

"상대 리베로는 좋은 위치로 움직이는 공격수들에게 볼
배급을 기가 막힐 정도로 정확하고 빠르게 찔러 주는 선수
다. 그 선수의 역할만 우리 공격수들이 잘 막아 주면 우리
수비가 실점을 않고 이길 수 있다. 그런데 우리가 공격하
다 보면 그 선수를 놓칠 때가 있으니 그런 상황을 만들지
않기 위해 오늘 훈련을 하는 거다. 상대 리베로는 너희들
이 생각하는 것보다 훨씬 더 킥이 정확하고 힘도 좋고 빠

르고 발재간도 인류다. 청소년 대표에서도 가장 큰 재목감으로 주목받고 있다. 그러니 연습을 철저히 해야 한다."

코치가 인겸이를 위해 다시 설명했다. 인겸이는 연습에 몰입하느라고 작은아버지가 다녀간 일을 까마득히 잊을 수 있었다. 상대 리베로가 볼을 덜 잡게 하려는 전술을 이해하는 것부터 상황에 따라 어떻게 빠르게 대처해야 하는지, 또 때론 임기응변식의 과하지 않게 파울로 끊는 방법 등을 연습했다.

8강전까지만 해도 야외에 마련된 축구장에서 경기를 했다. 네 개의 축구장이 연이어진 야외 축구장이었다. 여덟 게임을 축구장마다 두 게임씩, 하루에 한꺼번에 실시할 수 있었다. 관중은 그리 많지 않았었다. 준결승부터는 경기장 분위기가 완전하게 달라졌다. 우선 관람석이 제대로 마련된 스타디움 경기장에서 하게 된다. 또한 준결승부터는 각 팀마다 대대적인 응원단이 따라와서 그 관람석의 상당 부분을 채웠다. 사래고교도 전교생이 응원단으로 따라왔다. 시작하기 전부터 양 팀 응원단의 열띤 응원전으로 경기장이 울렁댔다. 게다가 스포츠 채널에서 TV로 중계도 하고 몇몇 스포츠 언론에서 기자들이 나왔다. 경기도 하기 전부터 사진을 찍어 대며 각 팀의 주장이나 코칭 스태프들에게 인터뷰하고 있다.

사래고 감독은 8강전과 같이 팀 허리를 노련한 이영찬과 박문수와 오기만과 인겸이에게 맡기고 오기찬은 기용하지 않았다. 큰 경기장에서 성대한 분위기의 경기에 처음 스타팅 멤버로 출전한다. 긴장되고 들뜨는 기분을 조절하려고 정신을 다잡았다. 와글와글 떠드는 관중들을 아무 생각 없이 둘러보던 인겸이 눈에 박문수의 여동생 수린이가 보였다. 사래고교 응원팀의 여학생들 속에 특별히 돋보여 멀리서도 수린이란 것을 알 수 있었다. 인겸이는 경기에서 수린이에게 멋진 모습을 보여야겠다고 자신을 단단히 다짐했다.

창명고교 팀은 다른 팀에게서 느껴 보지 못했던 거친 경기를 펼쳤다. 초반부터 손등으로 이영찬의 머리를 때리는 거친 파울을 해댔다. 심판이 주의를 주었지만 경고를 해야 마땅할 고의적인 파울이었다. 사래고교 응원석에서 야유 소리가 터져 나왔다.

"형 괜찮아?"

쓰러진 채 머리를 감싸고 있는 영찬이 걱정되어 다가가 물었다. 이영찬은 팔로 얼굴을 감싼 채 인겸이에겐 눈을 찡긋해 보였다. 일부러 엄살을 한다는 표시였다. 인겸이도

영찬이 많이 아파하는 것처럼 머리를 어루만져 주는 척했다. 영찬은 심판에게 창명고교 팀이 많이 거칠다는 무언의 항변을 한 거였다. 그 거친 플레이에 밀려서인지 선제골을 넣고도 두 골을 먹은 상태로 전반을 끝냈다.

후반전에 임한 사래고교 선수들이 실점을 만회하기 위해 총공세로 몰아쳤다. 창명고교 팀은 사래고교의 파상공세를 막아 내려고 수비에 집중했다. 그때 오기만이 빈 공간으로 움직여 주는 인겸이에게 적절한 패스를 했다. 인겸이는 오는 공을 왼발로 트래핑해 오른발로 찰 듯이 하다가 인사이드로 한 번 꺾어 태클해 오는 수비수를 따돌리고 장욱에게 토킥으로 올려 주었다. 장욱이 강하고 정확하게 헤딩슛! 멋지게 골을 넣었구나, 했는데 언제 나타났는지 골 앞으로 뛰어든 상대 수비수의 머리에 닿고 튕겨 나왔다. 튕긴 공이 다시 상대팀 머리를 스치고 굴절, 인겸이 앞으로 떨어지는 것을 왼발로 발리슛 했다. 땅에 낮게 깔린 공은 각도를 좁혀 덮쳐 오는 골키퍼의 가랑이 사이를 뚫고 골인되었다. 사래고교 응원석에서 함성이 터지고 들썩거리고 선수들이 인겸이를 얼싸안고 둥개둥개 난리를 쳤다. 인겸이는 동점골을 넣고도 정말 자신이 넣었는지 얼떨떨했다.

다행이었다. 남은 시간 동안 사래고교 선수들 체력이 문제였다. 서로 두 골씩이나 주고받으며 난타전을 하다 보니 체력이 많이 소모되었다. 감독은 손목을 다친 골키퍼를 2학년 장빈철로 교체했다. 장빈철은 사래고교 팀에서 장욱과 함께 가장 키가 컸다. 키가 크면서도 동작이 매우 빨라서 골키퍼로서 좋은 재목감이라고 평가 받고 있었다. 감독은 창명고교 선수들도 그만큼 많이 지쳤을 것이라며 선수들을 독려했다.

막바지에 다다를 즘엔 박문수와 인겸이는 더 빨리 움직였다. 따라서 상대 팀의 미드필더들도 움직임이 빨라졌다. 미드필더의 싸움이 치열해서 어느 경기보다 체력 소모가 많았다. 인겸이는 지구력으로 누구에게도 지기 싫을 만큼 자신 있었다. 감독의 말처럼 힘겨운 만큼 상대 선수들도 지쳐 있었다.

밀고 밀리고 좀처럼 골이 나지 않고 공방 상태를 이어가며 후반 막바지에 닿았다. 인겸이는 상대의 패스를 끊어 공을 잡았다. 상대 선수들이 밀집되어 패스할 곳이 안 보여 어쩔 수 없이 드리블로 돌파했다. 상대 선수들 사이가 넓은 쪽으로 나가려는 것처럼 페인트하고 재빠르게 방향을 바꿔 비좁은 사이를 뚫고 볼을 치고 나갔다. 브라질의 유명한 선수가 잘 구사하는 플립플랩과 비슷한 기술이었다. 일선을 돌파하자 2선의 수비수가 이내 막아섰다. 패스할 곳을 찾을 여유가 없이 얼른 오른발 인사이드로 왼쪽을 빼는 척 몸을 크게 기울이는 헛다리 페인트로 상대 선수의 중심이 왼쪽으로 쏠리자 아웃사이드로 볼을 빼내어 오른쪽으로 치고 넘어갔다. 그 두 번의 동작이 한순간에 이루어졌다. 상대 수비 진영이 무너지며 사래고 공격수들의 위치가 한눈에 들어왔다. 왼쪽으로 빠져나가는 사래고 유니폼을 언뜻 보고 그 발밑으로 빠르게 밀어 주었다. 그의 강슛은 또 빛나갔다.

열띤 응원 속에 경기는 연장전으로 이어지고 양쪽 선수들 모두 지쳐 갔다. 인겸이는 다른 날보다 자신의 컨디션이 좋은 것을 경기 내내 느끼고 있었다. 처음부터 끝까지 마음먹은 대로 몸이 움직여지는 것은 드문 일이었다. 연장 후반부터 눈에 보일 정도로 선수들의 움직임이 느려지는데 자신은 그렇지 않았다. 마지막 공격에서 공을 잡으면 개인 돌파를 시도해 볼 참이었다.

연장 후반 3분이 남은 시간이었다. 인겸이는 공을 받자 따라붙는 상대 수비를 페인트로 제치면서 최대한 빠른 동작으로 개인 드리블을 시작, 빈자리로 움직여 주는 장욱과 소동찬을 이용해 태클해 오는 상대 수비수들을 제쳐 나갔다. 많이 지쳐 움직임이 둔해진 상대 수비진은 인겸의 현란하고 빠른 발놀림에 무너졌다. 페널티 박스 앞까지 치고 들어간 인겸이 골키퍼와 일대일 상황을 만들었다. 골키퍼의 돌진을 피해 장욱에게 아웃사이드로 패스를 하는 순간, 쫓아오던 창명고교 수비수가 뒤에서 공하고 상관없이 발목을 걸어차는 바람에 인겸이 몸은 붕 떠올랐다가 떨어져 나뒹굴었다. 떨어지는 순간 땅을 짚었던 왼쪽 손목에 부상이 크다는 것을 아픔으로 느낄 수 있었다. 사래고교 응원석에서 비명 소리 같은 탄성이 터졌다. 인겸이는 아픈 손목을 움켜쥐고 몸부림쳤다. 사래고교에게 페널티 킥을 준 심판은 창명고교 수비수에게 붉은 딱지를 꺼내 퇴장을 명했다. 페널티 킥을 소동찬이 여유 있게 차서 성공시켰다.

팀은 결승에 올라갔는데 인겸이는 손목의 아픔이 심상치 않아 검사를 받아 보니 뼈에 금이 간 상태였다. 진통제를 맞고 깁스로 손목을 고정시켰다. 의사는 한 달간 약을 먹으며 왼손에 깁스를 한 채 지내라고 했다. 다행히 의료보호대상자라서 치료비는 나오지 않았다.

이틀 뒤였다. 결승전에서 감독은 부상당한 인겸이를 전반전 내내 기용하지 않았다. 결승전 상대인 도영고교 팀은 준결승에서 만났던 창명고교와 쌍벽을 이루는 강력한 우승 후보다. 그 팀의 특징은 공, 수, 허리 중에 한 포진만 특별히 강한 것이 아니라 어느 포진이든 고루 강하다는 점이다. 리베로와 미드필더, 스트라이커 합해 네 명이 청소년 대표팀의 주전급 선수들이다. 특히 결승까지 올라오는 동안 이들의 컨디션이 날로 좋아졌다고 한다. 반면에 사래고교 팀은 주전 골키퍼와 미드필더인 인겸이가 부상을 당해 교체된 것이 전력의 손실이었다. 그나마 나머지 선수들이 컨디션엔 문제가 없어서 다행이었다. 이영찬과 방국태, 소동찬, 유장묵 등에게 기대를 걸어 보고 있다.

페널티 라인 1미터 밖에서 도영고교 공격수의 웃옷을 잡아당겨 넘어뜨렸다. 다행스럽게도 스크럼을 살짝 넘기는 절묘한 프리킥을 사래고교 골키퍼 장빈철이 미리 예측하고 간단히 받아 냈다. 장빈철은 동작만 빠른 것이 아니라 판단도 빠르고 영리하고 예리했다. 골키퍼에 대한 걱정은 덜어 내는 사래고 진영이었다.

전반전 내내 수세에 몰린 사래고교는 지친 선수들을 재정비하고 후반전에 나섰다. 이영찬이 팀의 리더로서 중심에서 게임메이커란 중책을 맡았다. 감독은 인겸이를 기용할 생각은 전혀 안 하는 것 같았다. 결승전에서 잘하면 프로팀 스카우터의 눈에 들 수 있는데 좋은 기회를 놓치는 것 같아 안타깝다. 팔목의 아픔 따위야 아무렇지도 않게 견딜 것 같은 인겸이는 혼자 애가 달았다. 답답한 감독이라는 생각을 털어 버리려고 자꾸 머리를 도리질했다.

후반전에서는 사래고교가 더 심하게 몰렸다. 도영고교의 날카로운 공격을 밀집 수비로 막아 내기에 급급했다. 장빈철이 결정적인 슛을 여러 차례 막아 냈지만 결국 선제 골을 내주고 말았다. 도영고교의 스트라이커가 때린 강슛을 골키퍼가 쳐냈지만 공은 포스트를 맞고 골 안쪽으로 빨려 들어갔다. 사래고는 만회골을 얻기 위해 빠른 소동찬을 통해 기습 공격을 시도해 보지만 제대로 연결이 되지 않아 좋은 기회를 만들지 못하고 있었다.

설상가상으로 경기 종료 15분을 남기고 사래고교 오기만이 골인 되는 공을 몸이 닿지 않자 손을 뻗어 막아 냈다. 심판은 붉은 딱지를 내며 오기만을 퇴장시키고 도영고교에게 페널티 킥을 주었다. 장빈철이 페널티 킥을 막아 내려고 몸을 던졌지만 오기만이 희생한 보람도 없이 실점하고 말았다.

감독은 마지막으로 특단의 방법을 마련해야 했다.

"천인겸 손목은 좀 어떠냐?"

평소엔 코치가 감독의 말을 선수들에게 전하는데 이번엔 감독이 직접 인겸이에게 물었다.

"아무렇지도 않아요."

손목이 아픈 대로 다 이야기하면 출전할 기회가 영영 오지 않을 것 같았다. 축구에 자기 인생을 걸고 있는 인겸이의 심정을 누구도 이해하지 못할 것이다. 손목이 하나 없어지더라도 출전하여 꼭 축구로 인정받아야만 할 인겸이의 사정이었다.

"아픈 네게 좀 미안하지만 네가 나가 줘야겠다. 준비해라."

인겸이는 '미안하다뇨? 바라고 기다리던 분부십니다'라고 속으로 생각하며 얼른 스트레칭을 했다. 주무 겸 팀 닥터가 다가와 인겸이 손목을 살피더니 진통제를 놓아 주었다. 경기 시간 10분을 남겨 놓고 인겸이가 출전했다. 퇴장당한 오기만의 포지션에 공격수의 숫자를 줄여 이영찬으로 채우고 인겸이는 본래 허리 겸 공격수로서 한 사람 빈 몫까지 부지런하게 움직였다. 진통제를 맞았지만 팔의 통증은 별 차이 없었다. 상대 팀 선수가 몸싸움을 해 올 때 깁스한 팔을 들어 막으면 그 선수는 본능적으로 움찔하며 사렸다. 그 틈에 유리하게 공을 잡을 수 있었다. 한 명이

퇴장당해 숫자로 불리할 땐 나머지 선수들이 더 많이 움직여야 한다. 그러나 모두 지친 후반 막바지에 많이 움직여 주어야 할 선수란 교체되어 늦게 참여한 사람이다. 인겸이는 손목을 다치지 않았을 때만큼 몸이 자유롭지 못했다. 개인 드리블보다 유리한 위치에 있는 동료에게 정확하고 적절한 타이밍으로 연결해 주는 공격법을 선택해야 했지만 대부분의 공은 이내 되돌아왔다. 어차피 스카우터 눈에 들기 위해서라면 자신이 가지고 있는 모든 기량을 동원해야 한다. 마지막 기회라고 생각한 인겸이는 이번 결승에 목숨이라도 걸은 듯이 모든 기량을 다 쏟아 보였다. 게임 결과는 준우승이었다.

대회를 마치고 감독은 선수들에게 일주일의 휴가를 주었다. 휴가라 해도 저녁에 집에서 잠을 자는 것뿐이고 낮엔 정규 수업을 받아야 한다. 그래서 밤엔 집이 먼 봉화중학교 출신들만 합숙소에 남았다. 축구팀이 휴가일 땐 교내 식당도 저녁밥을 하지 않는다. 낮에 급식을 먹었지만 저녁은 합숙소에서 라면으로 때워야 했다. 장욱과 오제가 일찍 잠자리에 들고 인겸이 혼자 잠이 오지 않아 할아버지 일기를 꺼내려다가 낮에 받은 택배가 생각났다. 혼자 있을 때 열어 보려고 합숙소에 두었던 것이다. 택배는 선물 같은데 발송인 불명이었다. 심술스런 누군가가 골탕 먹일 목적으로 보낸 것은 아닌지 조심스럽게 포장을 끌렀다. 하얀 바탕에 빨갛고 파란 줄을 붙인 고급 축구화였다. 흔히 말하는 토탈90 축구화로 유명 상표가 붙은 꽤 비싼 선물이었다. 16~17만 원이나 된다는 비싼 축구화를 누가 보냈을까? 쪽지가 들어 있었다.

"나는 천인겸 선수를 응원합니다. 그동안 천 선수의 경기하는 모습을 쭉 보아 왔습니다. 결승전에 손목 부상에도 나와서 경기하는 모습이 매우 멋졌습니다. 천 선수의 빛나는 개인기에 반했답니다. 천 선수 때문에 사래고교 축구를 자주 보게 될 것 같습니다. 천 선수의 축구화가 다 낡은 것을 보았습니다. 제 마음의 선물이니 부담 갖지 마시고 그냥 받아 주세요. 늘 천인겸 선수를 지켜보겠습니다. -GS- "

인겸이는 고맙기는 했으나 누군지도 모르는데 받아도 괜찮은지 고민했다. 한 사이즈 컸지만 발이 자라고 있으니 바꾸지는 않을 것이다. 인겸이가 선물을 받은 것을 눈치채고 잠자리에 들었던 장욱과 오제가 일어나 구경하며 부러워했다. 그러나 인겸이는 가난한 자신의 처지를 알고 불쌍하게 여기는 것 같아서 그리 기쁘지만은 않았다. 선물한 사람이 누군지 알 때까지 신지 않을 생각으로 도로 넣어 포장해 두었다. 잠이 오지 않는데 룸메이트들의 잠을 방해할 수 없어서 할아버지 일기를 가지고 독서실로 갔다.

여순 봉기와 빨치산

천장돌은 마을의 이씨들이 모두 이상태가 붙인 자신의 감시원인 것을 전혀 모르고 있었다. 민주학당에서 들은 정보를 마을 사람들에게 고스란히 전했다. 특히 라디오 뉴스나 신문에서 나오는 내용은 제주에서 일어난 일의 실체가 아니라고 했다. 모두 축소되거나 거짓말이라고 전했다. 그러나 마을 사람들은 믿어 주지 않았다. 믿고 있는 내용을 거짓이라 하고 믿지 않는 내용을 진실이라 하니, 더구나 천민인 장돌의 말을 믿어 줄 리 없었다. 자신들이 처한 천민이란 신분을 벗어나려고 사회주의에 빠진 줄 알 것이었다. 물론 그런 면이 없지만은 않았다. 그렇다 보니 오히려 수상하다고 신고하는 사람도 있었다. 이상태 순경은 신고가 들어와도 천장돌을 이내 잡아가지 않았다. 민주학당이 무엇을 가르치는 어떤 곳인지, 누가 이끌고 있는지, 몇 명이나 다니는지, 파악하느라고 천장돌을 이용하고 있었다. 이상태의 그런 의도를 천장돌은 전혀 모르고 이상태를 만나면 묻는 대로 꼬박꼬박 대답해 주었다.

도윤의 할아버지는 이른 새벽부터 도윤을 깨웠다.

"도윤아! 어여 학당에 가 봐라. 꿈자리가 이응 숭헌디 핵당 간 애비가 여태 안 들왔다. 뭔 일 난거 같어. 가을걷이루다 바쁜 시긴디 여태 안 올 애비가 아니잖여."

아버지는 어저께 주동이네 시제에 쓰일 돼지를 잡아 주느라고 몹시 고단했을 것이다. 그 몸으로 공부를 한다고 밤에 민주학당으로 간 모양이었다. 하도 피곤하면 공부하다 그냥 잠들 때도 있었기에 또 학당에서 잤을 거로 생각했다.

"무슨 일 있었어유? 밤새 선생님허구 얘기허시다 게서 그냥 주무셨겠쥬."

도윤은 바삐 옷을 주워 입으며 할아버지를 안심시켰다. 학당에서 자더라도 얼른 데려와야 일찍부터 불러 대는 지주에게 지청구를 듣지 않기 때문이었다. 저고리의 옷고름을 묶으며 집신을 끌며 서둘러 밖으로 나왔더니 한 소녀가 앞개울의 징검다리를 건너고 있었다. 검정 치마에 흰 무명

저고리를 입고 가리개치마까지 쓰고 있었지만 도윤은 그가 선생의 딸 하경임을 알아보았다. 개울까지 급히 달려나가 그를 맞았다.

"뭔 일여?"

마지막 돌다리를 밟은 하경은 근심 가득하게 울상 진 얼굴로 말했다.

"어제 저녁때 순사들이 와서 아버지랑 어른들을 모셔갔는데 아무 소식이 없어."

야간 학습 시간에 민주학당에 이상태를 비롯한 경찰들이 들이닥쳐 선생과 함께 천장돌과 열심히 출석했던 몇몇 사람을 연행해 갔다. 어떤 일이 있기 전에 사전 예방하겠다는 의도의 연행, 즉 예비 검속과 같은 것인 줄은 아무도 몰랐다.

"너무 걱정허지 말어. 죄가 읊으신디 오쩔라구? 온젠가 인쇄물 들킨 우리 아버지두 삼 일 만이 나오셨는디 슨생님 겉은 분이야 외려 잘 모시겠지."

도윤이 하경을 안심시키며 우선 할아버지에게 사실을 알리고 학당으로 갔다. 학당에 도착해 보니 철묵도 소식을 듣고 달려와 있었다. 이름표를 떼고 단추도 몇 개 섞어서 갈아 단 검정색 학생복차림이었다. 헌 고등학교 교복을 얻어 작업복으로 입는 옷인 듯 했다. 학당에 잘 나오지 않던 선생의 부인이자 하경의 어머니도 나와서 하경을 기다리고 있었다. 하경처럼 흰 저고리에 검은 치마로 검소한 차림의 침착한 모습이었지만 밤을 꼬박 새운 듯 피곤해 보였다.

"새벽부터 무엇 하러 나갔던 거냐? 그리 호들갑 떨지 말고 조용히 기다리라니까. 아무려면 죄 없는 사람을 어찌할까? 나는 들어가 좀 쉬어야겠다."

하경이 돌아오자 나무람과 함께 당부한 부인은 이내 안으로 들어갔다.

부인의 당부대로 잠자코 기다렸지만 열 시가 넘도록 선생과 도윤의 아버지는 돌아오지 않았다. 책마저 손에 잡히지 않아 무료하게 앉아 기다리던 도윤이 벌떡 일어섰다. 또 모진 고문이라도 당하진 않을지 아버지 걱정을 떨칠 수가 없다.

"이냥 기다리구만 있을 순 읎었어. 모두 지서 앞이 모여 갖구 항의래두 헤 봐야잖여?"

아버지에 대한 걱정이 앞선 도윤은 철묵이 어떻게라도 해 주길 바라는 뜻으로 조바심을 해 댔다. 철묵은 냉정하게 고개를 저었다.

"그것이 더 선생님을 어렵게 해 드릴 수 있으니 경거망동하지 말고 신중히 생각하자."

철묵의 대답에 반발할 수 없는 건 그의 깊은 생각이 어떤 일이든 늘 옳았기 때문이다.

논둑 밭둑마다 하얀 억새꽃들이 총채처럼 흔들며 허공의 바람을 털어 내고 있다. 가을 하늘이 더 드높고 맑아진 까닭인가 하는 상상을 불러 왔다.

사람들이 모여 계단 같은 천수답들을 차례로 내리며 벼를 베어 내어 논을 비우고 있다. 아버지 천장돌이 짓는 논도 천수답 계단 논이다. 비록 소작 도지로 얻은 남의 땅이지만 아버지의 논 역시 벼를 벨 때라서 몹시 바쁜 철이다. 예전 같으면 할아버지가 아버지 대신 할 것인데 이젠 할아버지도 연세만큼 많이 쇠락해졌다.

도윤은 고민하다 철묵과 하경을 데리고 아버지와 이동학 선생의 안부를 묻기 위해 이상태를 찾아갔다.

"무탈하니 걱정 마라. 근데 둘 다 당분간은 못 나올 거다. 아마, 여순 사태가 잠잠해야 내보낼 것 같아."

이상태는 무뚝뚝한 말투로 대답하고 하경을 훑어본 다음 바삐 오토바이를 몰아 사라졌다. 여순 사태가 무슨 말인지 알 수 없었지만 정보를 얻은 것도 다행으로 여겼다.

"여순이란 데가 어디고 무슨 일이 있기에?"

도윤이 철묵은 알 것 같아 물었다.

"몰라. 아무튼 어딘지 몰라도 무슨 일이 크게 났나봐."

철묵도 고개를 갸웃하며 막연한 표정이다. 앞날에 대한 예측이 더 오리무중이 되었다.

"그 일하고 우리네 아버지들하고 무슨 상관이 있다고 가둬?"

하경이 혼잣말로 분하다는 듯이 중얼거렸다. 도윤도 하경의 말을 동의하는 뜻으로 이상태가 사라진 쪽을 째렸다.

하경에 대한 야릇한 기분에다 아버지에 대한 걱정으로 마음이 갈피 없었다. 철묵은 학당으로 돌아와 미군정과 이승만 새 정부를 비판했다.

"도대체 무슨 잘못이 있어서 애먼 분을 잡아 가두는 거야? 바른 정부를 세우고 모두 잘사는 사회를 만들자는 것이 무슨 잘못이냐고? 민중이 바라지 않는 정부를 세운 양키 놈들과 친일파 놈들이 잘못이지. 선생님 같은 분이 무슨 잘못이냔 말이야!"

철묵의 성토에 도윤은 말할 필요가 있겠냐는 뜻으로 고개를 주억거렸다. 말로는 기운내자 해 놓고도 셋 다 기운이 나질 않아 어깨를 늘어뜨렸다.

천장돌에게 농사를 맡긴 지주들이 추수가 이틀씩이나 미뤄지자 안달을 내었다. 마을 사람들 중엔 직접 농사를 짓는 양반도 몇 있었지만, 각자 자기 일이 바빠서 다른 집의 일을 맡아 줄 리 없었다.

"이러다 장돌이가 나오지 못허면 추수두 제대루 못 허구 겨울 맞겠다."

이씨 중에 가장 항렬 높고 나이 많은 터줏대감이 이상태를 불렀다.

"천가 늠 잘못이 큰감? 원만허면 풀어 줬으면 헤서, 그 늠 내 놔야 가을걷이를 허지 저 많은 베를 누가 허겄냐?"

일 잘하는 천장돌에게 소작으로 맡긴 이씨네 농처가 꽤 많았기 때문이었다. 이상태도 처음엔 어정쩡한 태도로 날을 보냈으나, 터줏대감의 요청을 거절하거나 피할 수 없었다. 철저한 감시 감독을 조건으로 선생보다 천장돌을 먼저 보내 주었다. 물론 바쁜 추수철이라서 특별 석방이라고 토를 달았다. 이번엔 고문 취조를 하지 않고 가둬 두기만 했기에, 배고픈 것 외엔 어렵지 않았다며 모두 이상태 덕이라고 했다. 사식도 받지 못하게 하고 하루를 주먹밥 하나로 견디게 했다고 한다. 이동학 선생도 배고픔이 가장 문제일 것이다.

도윤의 아버지가 유치장에서 나온 다음 날 새로운 이야기가 들려왔다. 여수와 순천 부근에서 군인들이 봉기했다는 소식이었다. 그때서야 도윤은 이상태가 했던 말 '여순 사태'의 뜻을 알 수 있었다.

　이승만 정권은 미군이 소집한 군대까지 동원하여, 제주도 민란을 무력 진압하는 데 집중했다. 미군이 소집한 군대인 14연대에게도 제주도 투입을 명령했다. 그 14연대에 남로당 소속 병사들이 제주도록 향하는 배 안에서 봉기를 했다는 거였다. 선상 봉기에 성공한 14연대가 배를 되돌려 치고 올라와 여수와 순천을 장악했다는 소식이었다.

　그로부터도 이틀 후 라디오 뉴스에서 봉기가 아닌 반란으로 방송되었다. 봉기가 아닌 역적 군대로 철저히 알리는 방송이었다.

　여순 소식은 민주학당을 술렁거리게 했다. 여순의 봉기에 어떻게 임할 것인가, 동참할 것인가. 도움만 줄 것인가. 고민들을 많이 했다.

　날이 궂은 날 천장돌은 늦은 밤까지 민주학당에 사람들을 모았다. 선생과 군인 봉기에 대한 대책을 논의하기 위해서다. 모두 힘을 합쳐 함께 봉기하자는 의견이 많았지만, 유치장에 있는 선생이 다치게 될까 봐 결행을 못 하고 있었다. 선생의 의견을 묻고 싶어도 면회가 되지 않아 하릴없이 석방되길 기다리는 수밖에 없었다.

검속 보름째 되는 날 라디오에서 여순 반란 사건이 진화되었다는 발표가 났다. 선생은 그날 바로 석방되었다. 선생은 이미 옥중에서 얻어 온 정보로 여순 사건에 대해 아주 잘 알고 있었다. 평화주의의 이동학 선생은 무력 충돌에 대한 실망과 걱정을 숨기지 못했지만, 그보다 양민 학살에 동참하지 않은 용사들의 용기를 크게 여기며 그들의 안위를 걱정을 했다.

인편으로 들은 여순 사건은 라디오 방송과는 달리 완전 실패한 것이 아니었다. 관군 토벌대에게 밀리긴 했어도 투쟁하던 거점인 여수, 순천을 떠나, 백아산, 지리산, 추월산, 등 산악지로 옮겨 민중과 더불어 파르티잔, 즉 빨치산이 되어 저항하고 있다고 했다. 주변의 민심은 유격대 편이었기에 유격대를 돕는 농가가 있어서 그때까지만 해도 식량은 떨어지지 않았다. 주변의 그러한 도움 때문이었는지? 유격대는 다시 힘을 회복하여 활발하게 투쟁 중이라는 소식은 들려왔다. 산중을 거점으로 활동이 활발해지고 대원이 갈수록 늘어난다는 소식이었다. 라디오에서는 유격대가 관을 습격 불태웠다고 방송했다. 선생은 충분히 그랬을 것으로 이해를 할 수 있지만 동의할 수 없다고 했다. 거기에 민가를 약탈했다는 소문은 도저히 용납할 수 없고, 믿어지지 않는다는 말씀이었다. 만약 사실이라면 '이러한 분별없는 공격적 투쟁은 절대 찬성할 수 없다. 약탈과 방화 소문은 민심을 어지럽게 하고 있었고, 이승만 정부에겐 정적을 몰아붙일 구실을 주고 대대적인 토벌을 할 명분과 힘을 실어 주고 있다'고 비판했다. 그러면서도 선생은 그러한 소문들을 사실로는 믿지 않았다. 특히 민가 약탈 살인은 토벌대가 저지르고 유격대에게 덮어씌운 것으로 판단했다.

"교악한 정권이 토벌대를 시켜서, 유격대의 식량 창구가 될 만한 민가를 불태우고, 유격대 짓으로 소문을 내고 있는 것입니다. 순진한 민중들은 그대로 믿고 유격대를 적대시할 것입니다. 그래서 그것이 진실이 아니란 이야기를 전하는 일이 여러분이 유격대를 위해 해야 할 몫입니다."

하지만 선생의 주장대로 여론을 만드는 것도 쉽지 않은 일이었다. 서슬이 퍼렇게 군경은 물론, 애국청년단이란 이름을 단 서북청년단이 앞서서 좌익분자를 처단하고 있는 시국이니, 말 한마디 잘못하면 목숨도 잃을 수 있었다.

"어쩌나, 장기 투쟁이 될 텐데 산에서 무엇으로 어찌 버틴단 말인가? 추위도 닥칠 텐데….”

선생은 조심스럽게 백운산 쪽으로 보낼 지원금을 모금해 나갔다. 장기간 투쟁하려면 식량이 필요하고 곧 겨울도 나야 하니, 수수방관해선 안 될 일이라고 학당을 찾는 이들을 설득했다. 학당 사람들은 모두 각자가 성의껏 모금에 응했다. 크고 작은 지원금을 몇 차례 보내며, 유격대의 활약을 듣고 큰 보람을 느끼고 있었다.

갑자기 임시정부 지도자 김구가 서거했다는 충격적인 소식이었다. 그 소식은 민주학당에 나오는 이들 가운데 몇몇을 통곡하게 했다. 선생은 그들과 함께 서울에 올라가 장례를 치르고 왔다. 선생은 충격이 컸는지 며칠간 학당에 나서지 않았다.

다시 기운을 낸 선생은 학당에 나와 사람들을 한자리에 모았다.

“아시다시피 김구 주석께서 괴한의 총탄에 서거하셨습니다. 참으로 안타깝고 비통합니다. 그 괴한의 배후가 이승만 정권과 무관하지 않은 것 같습니다. 그동안 이승만 정권은, 제주 양민 학살과 여순 군인 봉기 사건 등의 진상이 밝혀질까 몹시 두려워하고 있었습니다. 지금까지 대부분의 국민들은 이승만 정권이 공조직과 언론을 통해 공개

한대로 남로당원들의 폭동으로만 알고 있습니다. 하지만, 그 진실이 밝혀지면 미군정과 이승만 정권은 조선 땅에서 더 이상 존재할 수가 없게 될 것입니다. 그런 두려움 속에 김구 주석의 지지 세가 날로 강해지니, 이승만의 반쪽짜리 정권을 파하고 민족 단일 정부가 세워질까, 정식 국가의 초대 지도자로 김구 주석이 될까, 몹시 두렵고 부담되었을 것입니다. 김구 주석은 미군과 이승만 친일 매국노 정권의 만행을 그대로 두지 않을 것이기 때문입니다. 분명히 김구 주석은, 그 현장에서 생존한 목격자들의 증언으로 그 진상을 다 밝혀내기를 망설이지 않았을 것입니다. 그동안 현지 생존자들은 죽음의 공포 때문에 목격한 이야기를 한마디도 입 밖으로 내뱉지 못하고 있습니다. 우리가 그간 조직망을 통한 진실을 판단할 때, 무고한 양민을 수만 명이나 학살을 하고도 은폐, 축소했던 잔혹한 만행들이 모두 들통날 것입니다. 그렇기 때문에 미군과 이승만 친일 정권은 김구를 살려 둘 수 없었을 것입니다. 살인 폭력으로 이승만 정권을 반대하는 세력이 자꾸 커져 가고, 그 세력은 곧 이승만의 정적인 김구의 세력으로 둔갑할까 봐 친일파 놈들이 위기를 느끼고, 김구를 시해한 것 같습니다. 그동안 미군정은 김구 주석을 동아일보 사장 송진우를 살해한

범인으로 지목했었습니다. 또 김구를 살인 폭력이나 저지르는 흉악범인 것처럼 호도해 왔습니다. 이렇게 미군정이 김구를 어떻게 보아 왔는지 그것만 생각해 봐도 저의 생각이 옳다고 여길 것입니다. 이런 미군의 폭정과 그 꼭두각시 이승만 정권을 어찌해야 좋을지 여러분도 잘 아실 것입니다. 반드시 미군을 조선 땅에서 몰아냄과 함께 살인마 이승만을 처단하고 민주주의 정권을 세워야만 합니다."

선생은 한 시간이 넘도록 강론을 폈다. 듣는 이들 대부분 바쁜 농민이기에 제대로 뜻을 다 이해하지 못하는 눈치다. 그러나 선생의 가르침이면 무조건 백이면 백 모두 옳다고 믿고 따른다. 그렇게 민주학당의 투쟁 정신은 강화되어갔다.

민주학당의 어른들은 유격대 지원을 계속해 나갔다. 서로 부담되지 않는 한도로 식량 자금을 모금했다. 모금보다 어려운 일이 지원금을 무사히 전달하는 것이다.

에워싼 토벌대를 피해 유격대와 접선하는 것조차 큰 위험이 따른다. 한 번 잘못 걸리면 죽음. 약해도 평생을 찍혀서 괴롬 속에 살 것이다. 일을 해낼 만한 사람도 스스로 나설 만한 사람도 없었다. 결국 약관의 몸으로 체력이 가장 좋고 빠른 도윤과 철묵이 임무를 맡게 되었다. 둘을 아끼는 선생은 둘을 보낼 생각이 없었다. 철묵이 스스로 나섰고 그의 진정한 애국애민의 정신에 감동한 도윤이 함께 나선 것이다.

늘 그렇듯이 먼 곳을 도보로 여행하려면 버선과 짚신을 준비해야 했다. 버선은 두 켤레쯤이면 되지만, 장거리 여행 길의 짚신은 이틀에 한 켤레씩 계산해야 한다. 여드레쯤 생각하고 네 켤레에 만약을 위해 한 켤레쯤 더 준비한다. 짚으로 신을 삼는 것은 도윤의 아버지가 잘하지만 일손이 바빠서 짚신 삼을 틈이 없었다. 대신 도윤의 할아버지가 침침한 눈으로 밤마다 삼아 준비해 준 짚신을 봇짐에 넣을 수 있었다. 도윤도 짚신을 삼을 줄 알지만 어른들의 짱짱하고 질기게 삼는 솜씨를 따라가진 못했다. 양반 세도가나 부자들은 질긴 고무신을 신지만 도윤네는 아직 고무신을 신어 보지 못했다. 그래서 할아버지는 침침한 눈으로 밤마다 늦도록 가족들의 짚신을 삼는다.

출발하기 전에 철묵과 봇짐을 바꿔서 서로 점검해 보았다. 철묵의 봇짐엔 짚신 몇 켤레와 함께 창호지로 싼 하얀 무리떡 몇 덩이가 들어 있었다. 날고구마를 준비한 도윤이 조금 부끄러웠다. 둘 다 제대로 준비되었음을 확인하고 출발했다. 선생께 받은 식량 자금은 철묵의 겨드랑이에 지니고 있었다.

　아직 미명도 없는 이른 새벽이었다. 하경이 어둔 길을 동구 밖까지 따라 나왔다. '하경과 함께 가는 여행이라면 얼마나 좋을까?' 하는 생각이 들었다. 도윤에게 살며시 건네주고 간 것이 삶은 계란 한 줄이었다. 하경의 마음이 사랑스러워 먹기에도 아까울 것 같았다.

도라지 절도 사건과 산부추꽃

칠봉면 파출소에서 인겸이에게 참고인 출석 요구서가 왔다. 무슨 일인지 알 수 없지만 서둘러 고향으로 내려갔다. 세 시간 가까이 기차를 타야 하는데 스마트폰이 없으니 할아버지 일기나 읽자고 두 권을 가방에 넣었다.

평일이라서 좌석표가 남아 있었다. 서울에서 지방으로 내려가는 기차는 1호차 1호석이 가장 꼬리 부분 열차의 끝 좌석이다. 인겸이의 좌석은 그 왼쪽인 4호석이었다. 1호차는 다른 호차에서 오가는 사람이 거의 없어서 아주 조용한 편이었다. 자리에 앉은 사람들은 조는 사람 몇 빼놓고는 대부분 스마트폰에 이어폰을 연결하고 폰을 들여다보고 있거나 문자를 찍고 있다. 도심을 벗어나자 창밖으로 모를 심기 위해 논마다 물을 담은 농촌 풍경이 보였다. 사청 아저씨도 지금쯤이면 논을 골라 놓고 모판 준비로 볍씨를 담가놓았을 것이다. 경찰서 일이 끝나고 시간이 남으면 사청 아저씨를 만날 생각이다. 경찰서에서 무엇 때문에 자신을 오라 하는지 궁금하고 수꿀해진다.

칠봉면 파출소에 도착한 인겸이는 선뜻 들어가기 머뭇거려졌다. 지서란 곳을 처음 와 본 곳이기도 하고, 대부분 무슨 문제를 일으킨 사람들이 나드는 곳이란 생각을 해 왔기 때문이다. 주뼛거리며 문을 열자 사청 아저씨가 조사계 순경 앞에 앉아 있어서 놀랐다. 아저씨는 논에서 일하다가 불려 왔는지 작업복 차림에 소매를 반쯤 걷어 올리고 장화를 신고 있었다.

"아저씨."

다가간 줄도 모르고 있던 아저씨가 부르자마자 얼른 올려다보고 반색하며 일어나더니 무슨 일인지 물을 새도 주지 않고 말했다.

"이 그려 왔구먼, 김 순경 보슈 얘가 그 앤디, 그 도라진 얘 할아버지 천도윤씨가 얘 학비 조달할라구 심구 가꾼 거유. 지금 그 냥반이 돌아가시구 안 지시니께 내가 대신 캐다 팔어서 얘 준 거란 말여유. 평상시 그 성님이랑 같이 일을 혀 와서 나만 알던 거란 말이유."

마치 인겸에게 들어 보라는 의도인 것 같았다. 도라지라면? 사청 아저씨가 도라지 팔았다고 돈을 갖다 준 것이 무슨 오해가 생겼다는 말이었다. 답답한 사청 아저씨는 그 오해를 밝히려는 거였다. 순경은 나이로 40은 넘어 보이지만 사청 아저씨의 아들뻘쯤 되어 보였다.

"알았으니까 자리에 앉아서 조용히 기다리세요. 도라지 임자를 불렀으니 오면 알겠죠."

순경은 인겸이에게도 옆의 의자에 앉으라는 턱짓을 하고 키보드를 치느라고 바쁘다.

"아니, 핵교서 공부허는 애가장 불렀으면 빨랑 확인해 버리구 끝내야지. 바쁜 사람 잡구 뭣허는 짓이랴?"

평소에도 성격이 급하신 사청 아저씨는 바쁜 농사철이니 답답하다는 듯이 순경에게 막무가내 따졌다.

"글쎄 임자로부터 도난 신고가 들어 온 거라서 그리 간단치가 않다니까요!"

순경도 짜증이 잔뜩 나서 불퉁거렸다.

"아 글쎄 도라지 임잔 앤디? 누가 도난 신골 허냐구? 쥔의 것을 쥔헌티 줬는디 그까잇걸 무슨 도난 신골 허냐구!"

아저씨도 지지 않고 집요하고도 고집스럽게 따졌다. 인겸이는 그때까지 어정쩡하니 서 있었다. 순경은 사청 아저씨의 따지는 말에 대한 대꾸를 씹어 삼키고 인겸이를 힐끗 보았다.

"학생 거기 앉아."

인겸이는 의자에 앉으며 어떻게 된 일인지 파악해 보았다. 도라지가 문제라면 사청 아저씨에겐 아무 잘못이 없다. 할아버지의 밭을 사청 아저씨가 모를 리 없고 그것을 팔았어도 조금이라도 떼먹을 아저씨가 아니었다.

순경이 인겸이 앞에 요구르트를 놓아 주며 물었다.

"학생이 천도윤 씨 손자 맞아?."

"예, 제가 천 도자 윤자 님의 손자 천인겸입니다."

"그러면 자네가 자네 할아버지의 도라지를 캐서 팔아 달라고 마지국 씨에게 부탁했나?"

마지국 씨면 사청 아저씨의 이름이었다. 아저씨를 조금이라도 어렵게 해 드려선 안 될 일이라고 재빠르게 생각을 굴렸다.

"예, 맞습니다. 제가 학비와 생활비에 쓰려고 부탁드렸습니다."

"마지국 씨와는 어떤 사이인데?"

"제겐 작은할아버지와 같으신 이웃 분입니다. 어려서부터 저를 많이 챙겨 주시고요. 특히 저의 할아버지와 같은 고향 분이시고 서로 농사를 도우시며 형제처럼 지내신 분이지요."

순경은 고개를 옆으로 갸웃하더니 또 질문을 했다.

"그럼 천동섭 씨와는 어떤 사인데?"

"저의 작은아버지세요."

순경은 잠시 의문이 가득한 표정으로 인겸이를 노려봤다. 조카와 삼촌 간의 사이가 어떠하기에 이런 고소 고발에서 손발이 따로 노나 싶은가 보다.

"네 학생증 내놓고 생년월일과 이름 대 봐."

순경이 요구하는 대로 지갑에서 학생증을 꺼내 주고 이름과 생일을 불러 주었다. 순경은 부르는 대로 키보드를 눌러 인겸이의 신원을 조회했다. 할아버지 천도윤의 손자임을 확인하자 순경은 고개를 들어 재차 몇 가지 더 물었다.

"그러니까, 네가 분명히 도라지를 캐다 팔아 달라고 부탁했다는 말이지?"

"그렇다니까요. 사실 전 아저씨께서 말씀해 주시기 전엔 도라지가 있는지도 몰랐어요. 마침 돈이 필요하던 차에, 할아버지께서 제 학비를 대기 위해 심으신 도라지가 있다고 아저씨께서 알려 주시기에 캐서 팔아 달라고 부탁드린 거지요. 아마 작은아버지께서도 도라지가 있는 줄 모르시다가 뒤늦게 누군가에게 듣고 아셨을 거여요."

"도라지 값은 받았어? 얼마나 받았어?"

"665만 원 받았어요."

"그럼 그 돈은 어떻게 했어?"

인겸이는 가방에서 예금 통장을 꺼내 놓았다. 축구팀 후원회에 밀린 회비로 45만 원을 내고 보호대 등을 사느라 사용한 것 빼고 나머지는 그대로 들어 있는 통장이었다.

"조금 사용하고 600만 원 정도 남았어요."

순경은 통장을 펴서 확인하고 고개를 끄덕였다. 순경은 다시 아저씨에게 질문했다.

"그렇다면 마지국 씨는 왜 천동섭 씨에겐 도라지에 대해서 말해 주지 않았어요?"

"아, 그야 동섭이가 욕심이 많아 갖구 지 조카 생각은 쬐금두 않구 다 뺏어갈 게 뻔헌디 말해 주겠슈? 그러잖어두 지 부모두 읎구 오갈디두 읎는 조카를 돌뎅이보다 못 여기는디, 그 작은아배헌티 말혀 봤자 돼지 주둥이다가 밥을 솥단지째 대 준 꼴 될 게 뻔히유. 도윤 성님이 나랑 도라지 심그메 인겸이 줄란다구 허시는 걸 이 두 귀루다 분멩허구 똑똑허게 들었슈."

순경은 몇 가지 더 묻고 사청 아저씨를 우선 귀가하라고 했다. 그러나 천동섭의 도난 신고가 있고 마지국 씨를 혐의자로 지목했으니, 완전 혐의를 벗은 것은 아니라고 사청 아저씨에게 덧붙여 말했다.

인겸이는 삼촌이 이렇게까지 일을 벌일 줄은 미처 생각 못 했다. 그냥 사청 아저씨에게 개인적으로 따지거나 도라지 판돈을 내놓으라고 요구할 거로만 생각했었다. 인겸이에겐 충격이었다. 이 일로 사청 아저씨가 상처를 받게 될까 걱정이고 또 아저씨와의 사이가 조금이라도 틈이 생길까 두려웠다.

"인겸이는 천동섭 씨와 대면해야 하니까 기다려."

순경이 친절하게 이르는 말인데도 인겸이는 움찔하게 했다. 순경 앞에서 작은아버지와 맞대면 할 일이 부담되기 때문이었다. 더욱이 사청 아저씨로부터 받은 것이 없다고 작은아버지에게 거짓말했던 일이 께름하다. 그 인겸이의 마음을 들여다보고 있는 것처럼 사청 아저씨가 나섰다.

"인겸아, 걱정 마러. 그 도라진 니 꺼여. 절때루 니 작은 아배헌티 내주면 안 되여. 그게 도윤 성님 아니, 니 할아버지 뜻이여. 기왕 이냥 된 거 끝까장 내가 니 편 될껴. 시방은 논이다가 벌려 놓은 게 있어 가구 나 먼저 가 보야긋다. 이따 끝나면 우리 집으루 와 딴디루 가지 말구. 순사 나리 잘 좀 부탁 드류."

사청 아저씨는 인겸이의 인사를 받을 새도 없이 종종걸음으로 지서를 나갔다. 사청 아저씨는 작은아버지에게 매우 서운한 듯이 단단히 벼르고 있는 것 같았다. 바쁜 농사철의 농부에겐 하루가 천금이라고 했다. 일하다 불려 나온 아저씨께 농사 진행 계획에서 손실이 꽤 클 것이었다. 여러모로 사청 아저씨께 미안한 마음이 들었지만, 작은아버지를 만날 생각을 하니 아저씨의 격려도 아득하기만 하다.

작은아버지는 인겸이의 조사가 끝나고도 한 시간이나 지나서야 파출소에 나타났다. 검은 양복차림에 금방 이발소에서 나왔는지 머리가 깔끔하고 이마가 반지르르했다. 거드름을 피우며 파출소를 들어온 작은아버지는, 벌떡 일어나서 인사하는 인겸이를 본숭만숭하고 순경에게만 다짜고짜 물었다.

"아니 도둑 잡으라니까 뭘 어떻다고 나를 오라 가라 하는 거요?"

순경이 황당해 하는 표정으로 바뀌었다. 눈을 치켜 뜨고 작은아버지를 올려다보던 순경이, 불쾌한 마음을 누르고 애써 친절하게 대하는 모습이 역력했다.

"몇 가지 물을 것이 있으니 우선 앉으세요."

작은아버지는 오만하게 의자를 뒤로 빼어 몸을 옆으로 젖힌 채 다리를 꼬고 앉았다. 작은아버지를 앉히고도 순경은 커피를 타다 놓고, 서류를 뒤지고, 전화를 거는 등 한참 동안 해찰을 부렸다.

"아 어서 말해 봐요!"

작은아버지가 참지 못하고 어깨를 들썩이며 채근했다. 순경은 무표정으로 자리에 앉으며 물었다.

"밭에 도라지가 심겨 있다는 것은 언제쯤 아셨나요?"

"그야 어렸을 때부터 아버지께서 도라지를 재배하시는 것을 봐 왔지요. 파랗게 도라지꽃이 핀 밭에서 놀았으니까요."

순경은 작은아버지의 말을 그대로 받아 키보드를 두드렸다. 작은아버지는 할아버지께서 백도라지만 따로 씨를 받아 재배한 것을 모르고 있다. 도라지는 하얀색보다 남보라색이 많으니 무조건 파란꽃밭이라고 말한 것이다.

"천동섭 씨 아버님 즉, 천도윤 고인께서는 주로 어느 밭 어느 쪽에 도라지를 심었나요?"

작은아버지가 머뭇거리는 모습이 당황한 것 같다.

"아니 뭐 그런 걸 다 물어요? 내가 뭐 거짓말이라도 하나?"

"대답이나 하세요."

순경은 작은아버지의 두런거림 따위는 아랑곳 않고 똑바로 응시하며 친절히 말했다.

"내가 그걸 여기서 어떻게 설명해요? 현장도 아닌데 설명하면 아시겠어요? 아버지께서 지으시던 밭이래 봐야 산밭 하나지만 뭐로 어떻게 설명을 하라고요?"

"여기 그 산밭의 지적도가 있으니 도라지 심었던 곳을 표시해 보세요."

순경이 내민 종이를 한참 들여다보던 작은아버지는 신경질적으로 종이를 밀어 버렸다. 잠시 후 순경의 눈치를 보고 다시 지적도의 한 곳을 가리키며 두런거렸다.

"아이, 그 밭이 얼마나 된다고 따로 심을 데나 있어요? 야채와 함께 해마다 심는 도라지를 어디라고 정할 리 있냐고요. 내 기억으로는 그 밭 아래쪽에 심었던 것밖엔 없어요."

"밭의 아래쪽에 도라지를 해마다 심었다고요. 예 알겠습니다."

사청 아저씨가 곁에 있으면 기가 차서 '하!' 하고 입을 벌렸을 것 같은 엉터리 진술이었다.

"파랗게 핀 도라지 밭에서 노셨다고 했는데 다른 색깔

의 도라지꽃은 없었나요?"

"그렇죠. 도라지꽃이 파란색이잖아요."

맞거나 틀리거나 아랑곳 않고 작은아버지는 또박또박 대답했다. 도라지를 해마다 팔았냐는 질문엔 2년에 한 번씩 캐다 팔았다고 했다. 얼마씩 팔았냐고 묻자 잘 모르지만 1,000만 원쯤 될 거라고 대답했다. 그때마다 인겸이는 기가 막혀서 사청 아저씨가 생각났다.

"왜 마지국 씨가 도라지를 훔쳐 팔았다고 단정하시나요?"

"그야 도라지를 캐 가고 돈은 받지 못했으니까 그러죠."

"그 돈은 저 조카가 받았다고 하던데요."

그 순간 작은아버지는 인겸이에게 고개를 획 돌리며 무섭게 째려보았다. 인겸이는 저절로 주눅 들어 고개를 들지 못하고 작은아버지의 눈치를 살폈다.

"저, 저 자식이 내겐 아무 것도 안 받았다고 했어요."

"왜 그랬을까요? 왜 작은아버지에게조차 돈 받고도 안 받았다고 거짓말 했을까요?"

"저 혼자 다 차지하려고 그런 것 아니겠어요?"

"마지국 씨 말로는 천동섭 씨 아버지, 고인께서 당신의 손자인 저 조카의 학비로 사용하려고 도라지를 심었다던

데요."

순경은 조용히 말하며 작은아버지의 표정을 읽었다.

"아뇨. 아버지는 그런 말씀 하신 적 없어요. 그 영감탱이랑 저놈이 짜고 거짓말하는 겁니다."

"무슨 근거로 그렇게 말씀 하시나요? 오히려 천동섭 씨가 거짓말 하시고 있어요. 그렇게 거짓말 하시다가 되레 무고죄로 피소 당할 수 있어요."

"내가 무슨 거짓말을 해요? 내가 왜요? 내 아버지 재산을 엉뚱한 사람들이 가져갔는데 왜 내게 죄를 씌우려고 해요?"

"엉뚱한 사람이라뇨? 주민등록상 천인겸이 고인의 손자로 되어 있는데 엉뚱한 사람인가요? 천동섭 씨야 말로 도라지를 심은 것조차 몰랐으면서 옛날부터 알았다고 거짓말 했어요. 내가 마지국 씨가 정말로 도둑질한 사람인지 제대로 알아보기 위해서 자세히 조사해 보았어요. 우선 천도윤 고인께서 도라지를 심은 것은 7년 전이 처음이었어요. 그리고 밭의 서남쪽인 윗부분에 심었고 바로 옆 부분으로 서너 번 옮겨 심었더군요. 또한 재배한 도라지는 꽃이 하얀 백도라지였어요. 고인께서 의도적으로 도라지 값이 더 좋은 백도라지만 씨를 받아서 심었다고 하더군요.

천동섭 씨는 지금 도라지를 얼마나 심었었는지도 모르잖아요. 그게 무고로 신고했다는 증거여요."

"그렇다 쳐도 내 아버지가 심은 도라지인데 왜 저 자식이 다 가져야 하죠?"

"고인께서 그리 말씀하셨다는 증인이 마지국 씨잖아요. 도둑 혐의를 벗었으니 증인으로 충분한 자격이 됩니다. 어떤 사람이 함부로 남의 재산에 대해 이렇다 저렇다 할 수 있겠어요? 들은 사실이니까 말할 수 있는 것이지. 아무튼 도둑질도 사기도 아니니 이걸로 마무리 하겠어요. 돈 문제는 집안일이니 돌아가서 삼촌과 조카 사이에 좋게 해결하세요."

순경은 작은아버지가 알아들을 만큼 말해 주고 서류를 챙겨 조사실을 나가 버렸다. 작은아버지의 눈총이 인겸이를 향하자 인겸이는 얼른 밖으로 나왔다. 이내 뒤쫓아 나온 작은아버지가 악에 복받친 사람처럼 소리를 질러 댔다.

"임마! 네가 왜 우리 아버지의 손자라는 거야! 넌 우리와 아무 상관없는 놈이야!"

인겸이는 순간적으로 작은아버지가 돌았나? 하는 의심으로 어리둥절했다. 도대체 할아버지의 손자가 아니면 누구란 말인가? 작은아버지의 하는 꼴을 멀뚱히 보고만 있었다.

"넌 우리 천씨가 아냐! 너랑 나랑은 피가 단 한 방울도 안 섞인 남남이란 말이야! 그러니 너는 그 돈을 가질 자격 없어!"

아무리 작은아버지가 돈에 환장했어도 그렇지 하나밖에 없는 조카에게 있는 말 없는 말 다 동원해서 저럴 수 있나 싶었다. 도라지 팔은 돈을 기어코 빼앗겠다는 심산으로 여겨져 절대로 양보하지 않겠다고 마음을 다잡았다.

"해도 너무 하시네요. 애먼 사청 아저씨를 도둑으로 몰고도 부족해서 이젠 저에게 핏줄이 아니라고까지 하세요? 아무리 그러셔도 할아버지께서 내게 주신 돈이기 때문에 작은아버지께 안 드려요 아니, 절대 못 드려요!"

격앙된 소리로 단호하게 말했지만 뒷받침 없는 목소리는 떨리고 있었다.

"흥! 그 돈이 네 돈이 아닌데도 못 준다고?"

"할아버지께서 내게 주셨는데 내 돈이 아니면 누구 돈인가요?"

눈에 고이는 눈물을 흘리지 않으려고 애를 쓰며 따졌다.

"너는 믿기지 않겠지만 네 아비가 전쟁 통에 부모를 잃고 떠도는 게 불쌍해서 우리 아버지가 데려다 길렀을 뿐이

야. 그러니 네 돈이 아니란 말이다. 양심이 있으면 생각해
봐."

작은아버지가 무슨 말을 하는지 알 수가 없었다. 할아버
지가 인겸이 아버지를 데려다 기르다니? 지금까지 그런
이야기를 들어 보지 못했다. 작은아버지가 생떼 부리느라
고 꾸민 이야기가 분명하니 그런 말에 흔들릴 수 없었다.

"아무리 그러셔도 나는 그 말씀 안 믿어요!"

작은아버지는 몹시 비열하고도 차가운 소리로 중얼대듯
이 말했다.

"믿어야 될 거다. 내가 너와 유전자 검사라도 해야 믿겠
니? 오늘은 내가 약속이 있어서 이쯤하고 가지만, 네가 나
를 다시 만났을 땐 순순히 돈을 내 놓는 게 좋을 거다."

냉정히 돌아서는 작은아버지의 뒷모습을 보며 인겸이는
가슴이 무너지듯이 아팠다. 돈 600만 원 때문에 하나밖에
없는 조카에게 멸시와 수모를 주는 작은아버지가 몹시 원
망스러웠다. 인겸이에게 남은 핏줄이라고는 작은아버지와
사촌 형 성겸이뿐이다. 어딘가에 생존해 있겠지만 어디에
서 사는지 어떻게 생겼는지 기억도 없는 어머니는 인겸이
에게 아무런 의미가 없다. 고작 돈 600만 원 때문에 그 남
은 혈육마저 이대로 끝내 버릴 수는 없는 일이었다. 어떻

게 해야 옳은지 갈피를 잡을 수 없어서 아픈 가슴을 주먹으로 두드렸다. 쓸쓸하고 답답한 심정을 어찌 달래야 할지 몰라서 발길 닿는 대로 허청허청 걸었다.

생각에 잠겨 걷다가 버스 터미널까지 닿았던가 보다. 와당골 쪽으로 도는 버스가 이미 끊겨서 다른 면으로 도는 버스를 타고 봉산리에서 내렸다. 그나마 칠봉 버스 터미널에서 40분 넘게 기다렸다가 타서일까. 낮이 많이 길어졌다지만 버스에서 내리니 벌써 해가 서산마루에 가까워져 있다. 산골이라서 여섯 시가 좀 넘었을 뿐인데도 마을은 이미 산 그림자에 덮였다. 산마다 막바지의 산벚꽃이 군데군데 하얗게 봄을 펼치고 있다. 마을 어귀에 있는 수령이 50년 넘은 벚나무 서너 그루는 이미 꽃이 지고 녹색 잎이 싱그럽다.

봉산리에서 당골로 들어가면서 왼편 산모롱이로 돌면 인겸이가 살던 집이 있다. 사청 아저씨 댁은 당골로 들어가지 않고 곧장 질러가야 나온다. 마을 한복판에 무슨 일이 있는지 사람들이 모여서 왁자지껄하다. 마을 사람들과 만나기 싫어서 좀 더 어두워지면 가려고 당골 빈집으로 향했다.

할아버지가 그리워 그 기운이라도 느껴 보려고 집에 들

렀지만 기대한 것 같지 않았다. 길고양이 하나가 훌쩍 돌담을 넘어 도망친 것 말고는 어둡고 조용하니 흉가 분위기가 다분했다. 토방에 올라가 마루와 부엌 쪽에 달린 형광등 스위치 줄을 당겨 보았다. 불을 켜야만 흉가 분위기를 지울 수 있을 것 같았다. 형광등이 깜빡깜빡 꽤 생각하다가 불이 켜졌다. 아직 전기가 끊기지 않은 것이 다행이었다. 마루 한쪽에 뜯지 않은 비료 포대 여섯 개가 차곡차곡 쌓여 있다. 집 주변 논밭을 가꾸는 이들이 쌓아 놓았을 것으로 짐작되었다. 어쩌면 그들이 사용하기 위해 전기도 끊지 않았을 것이다.

신발을 벗지 않고 마루에 올라가 방문을 열었다. 퀴퀴하니 곰팡이 냄새가 가득한 것이 오랫동안 비워 둔 폐가답다. 곰팡이 냄새 속에서도 할아버지의 남은 체취가 느껴진다. 형광전등 불빛 아래 이모저모 살피다가 자신도 모르게 '엇!' 하니 소리를 냈다. 인겸이는 마루 구석을 보고 자신의 눈을 의심했다. 벌써 6개월이 지난 것인데 아직도 생기가 있다니? 누가 새로 꺾어다 꽂아 둔 것인가? 하지만 산부추꽃은 여름부터 가을까지 피는 데 모판도 준비되기 전인 삼월 말에 피었을 리 없다. 지난 가을 인겸이가 꺾어다 소주병에 담아 꽂아 놓았던 꽃이 맞다. 병에 꽂아 둘 때만 해도 하루 이틀이면 시들 줄 알고 있었다. 그 예상을 뒤집고 지금도 꽤 싱싱하게 피어 있으니 놀랄 수밖에 없다. 아무리 예년보다 따뜻한 겨울이었다고는 하나 마루가 한데고 그늘진 구석인데, 얼었을 소주병 물에 담겨진 채 어떻게 긴 겨울을 견뎌 냈는지 참으로 대견하게 보였다. 어떤 어려운 시기도 견뎌 내어 끝까지 자존심을 지켜 낸 꽃이었다. 인겸이는 꽃병답게 보이는 빈 사기 주병을 부엌 찬장에서 찾아내어 정성껏 닦아 내고 신선한 물을 담았다. 소주병에서 꽃을 빼어 밑동에 붙은 물때를 깨끗한 물에 씻고 주병에 꽂았다. 한결 더 꽃이 싱싱해지고 색깔도 더 선명해지는 것처럼 보였다. 마루에 있던 빈 박스를 방안에 들여놓고 꽃을 꽂은 소주병을 올려놓았다. 땅거미가 시작되는데 기다리실 아저씨 댁으로 서둘렀다.

거실에 불이 켜 있고 현관문이 열렸으나 아저씬 보이지 않았다. 부인과 딸이 모두 서울에 있으니 혼자 지내느라 더욱 바쁜 아저씨다. 인겸이를 기다렸는지 식탁에 상이 차려지고 쪽지가 놓여 있다.

'중요한 일로 마을회관에 간다. 저녁 먹고 설거지 해 놔라. 좀 늦을 것 같다.'

토속어를 사용하는 말투와 다르게 쪽지의 글은 표준어

로 써 놓은 아저씨였다. 지서에서 시간을 많이 빼앗긴 탓
에 더 바쁘실 아저씨를 생각해서 일찍 잠자리에 들었다.

이른 새벽에 아침상을 차리는 아저씨를 따라 인겸이도
일찍 깨어 침구를 정리하고 씻었다.

"작은아버지가 저를 조카로 생각하지 않는 까닭이 무엇
인지 혹시 아저씨는 아세요?"

조반을 먹으며 물었다. 아저씨는 밥을 삼키며 머뭇거리
다 말했다.

"글쎄 나두 무슨 말인지 물르겠다."

"어제 제게 할아버지와 아버지가 부자간이 아니라며 돈
내놓으라 했어요."

아저씨는 입에서 밥알이 튈 정도로 흥분한 목소리로 말
했다.

"그 미친대기가 허는 말 무시해삐져! 여태 산 정만으루
두 그딴 말을 오떻기 혀?"

도둑으로 몰렸으니 작은아버지에 대한 감정이 좋을 수
없는 아저씨다. 미안해서 더 이상 묻지 않았다.

일찍 들에 나가는 아저씨를 따라 나와서 첫차를 쉽게 탈
수 있었다.

국가보안법 제정과 보도연맹

철묵과 도윤이 식량 자금을 전달하고 온 지 며칠 지났다. 토벌대들이 다시 대대적인 토벌에 나섰다는 소식이 들렸다. 유격대의 새로운 식량 구입처가 되었던 마을은 다 불태워졌다. 추운 겨울이 닥쳐서 산속에선 나무뿌리 같은 식량도 마련하기 어렵다는 점을 노린 것이었다. 대부분의 유격대를 사살하거나 체포했다고도 보도했다. 이동학 선생의 인편이 전하는 정보도, 몇몇 남은 유격대원들마저 산산이 흩어져 찾을 수 없게 되었다는 것만 빼고, 정부가 발표한 내용과 별로 다를 게 없었다. 이승만 정권은 이를 계기로 정적이자 민족주의 세력을 탄압하기 시작했다.

우선 겨울 되자 정부는 국가보안법을 제정했다. 법이 국회를 통과하자 남한의 좌익 세력을 찾아 그 국가보안법으로 처벌하기 시작했다. 이동학 선생은 장날 저자에 나가 군중을 모아 놓고, 양민 학살을 정당화하기 위한 국가보안법이라며 열띤 목소리로 외쳐 댔다. 당장 악법을 폐기하도록 저항을 해야 옳다고 주장했다. 그 바람에 다시 구금되었다.

선생의 뜻을 이해하고 존경하게 되는 만큼 하경에게도 갈수록 애틋한 감정이 짙어져 갔다. 나이를 먹으며 하경도 마음 씀씀이나 행동거지가 어른스러워졌다. 몸맵시도 키 크고 아름다운 팔등신으로 자랐다. 얼굴이 깎아 놓은 듯 인형 같진 않지만 세운 펜홀더 탁구채형에다, 아기처럼 맑고 깊은 눈에서 발산하는 착한 성격이 도윤의 넋을 빼앗고 있다.

둘 사이를 알게 된 철묵은 긍정 반 걱정 반의 눈으로 본다. 사랑엔 경계가 없으니 둘이 잘되기를 바라고 또 둘의 사랑을 아름답게 여긴다고 했다. 그러나 철묵은 둘이 혼인까지 성공하기에 어려움이 많을 것이라고 걱정했다. 사랑을 실패해 본 자신인지라서 그 아픔이 어떤지 잘 안다고, 이쯤에서 포기하는 것이 좋겠다는 거였다. 도윤은 그것을 알면서도 쉽게 마음이 바뀌지지 않는다. 이젠 그만 생각하자 해 놓고도 몇 초도 안 가서 하경 생각에 빠져 있는 자신을 깨닫는다. 다짐하고 또 해 봐도 마찬가지였다. 결국 실패하든 이루어지든 나중 일로 미루고 마음 가는 대로 가 보기로 했다. 지금은 그냥 사랑하는 것 자체가 아름다움이고 행복이라고 스스로 위로했다. 부모님의 반대로 이루지 못해도 두 분을 원망하거나 두 분께 서운한 감정을 갖지 않을 자신이 있었다.

하경과 사귀는 방법이란 기껏해야 책 속에 쪽지를 넣어서 편지글을 주고받으며 서로의 사랑을 확인하는 것이었다. 처음 쪽지를 받았을 때 도윤의 가슴속에선 북춤을 추는 것처럼 큰 북을 울려 댔다. 첫 쪽지의 내용도 달달 외울만큼 기억에 뚜렷하다.

"도윤 씨 오늘 멋졌어. 사람들 사이에서 도윤 씨가 가장 눈에 띄던데? 뒤에 후광이 있는 것 같았어. 어쩜 머리가 그리도 좋아? 어제 배운 것 하나도 잊지 않았던데? 나는 그것 3일간이나 공부해서 겨우 익힌 건데 어떻게 그리 빨리 익힐 수 있어? 그렇게 공부하면 이내 철묵 씨를 따라잡을 수 있을 거야."

지금도 그때 편지를 떠올리면 다문 입에서 저절로 웃음이 비어져 나온다. 도윤도 사투리가 아닌 세련된 언어로 답장을 써서 책에 꽂아서 책을 돌려주었다.

"칭찬이 과하면 소도 양반다리로 앉아서 에헴 한다지. 얼굴 새까만 머슴이 뭐 잘나 보인다고? 하경이야 말로 늘 민주학당에서, 아니 세상에서 가장 돋보이는 여왕님이지. 내 머리가 좋다고? 떠꺼머리일 때 머리카락 장사가 가위를 들고 다가오며 머리 좋단 예긴 좀 했지. 단발이 유행이라나? 아예 삭도로 밀고 출가하면 첨단이냐고 물었지. 때늦은 공부로 철묵을 따라잡겠다고 기를 쓰니까 조금 효과난 거야. 다 곁에서 챙겨 주는 하경이 덕이야."

좀 더 농 짙은 답장을 하고 싶었으나 하경을 가볍게 여기는 것 같아서 여태껏 진중함을 벗어 놓지 못하고 있다. 답장을 빨리 하고 싶어서 다 읽지 못한 책을 그냥 되돌려 줄 때가 많았다. 대신 읽고 있던 쪽에 답장을 끼워 보내면, 하경은 다 못 읽은 것을 알아차리고 다시 그 책의 같은 쪽에 편지를 보내왔다.

그렇게 쪽지를 주고받으며 두 해가 지났지만 아직도 처음 받는 것처럼, 쪽지를 받을 때마다 가슴에서 북을 치고 기분이 황홀하고도 야릇하다. 그냥 결혼은 못 해도 하경과 그 부모 밑에서 평생 심부름이나 하면서 살아도 행복하겠다. 아무 것도 바라지 않고 평생 종으로 살 테니 받아 달라 말해 볼까도 생각했었다. 용기가 나지 않는다.

왜 하필 천민으로 태어났을까? 그런 생각으로 혼자 뭉클하고, 서럽고, 가슴 뻐개지듯이 아프며, 눈시울이 더워진다.

국가보안법으로 인해, 이승만 정권에 저항하는 사람들에 대한 탄압의 강도가 강해졌다. 불시에 연행하여 몇날 며칠을 내보내지 않는 것은 기본이고 심하면 고문으로 괴롭혔다. 이동학 선생도 여러 차례나 연행되었다가 풀려났다. 도윤의 아버지 천장돌도 두 번이나 연행되어 초죽음이 되어 나왔다. 그 긴 겨울 봄이 오기 전에 좌익으로 몰릴까 두려워하는 이들이 많아지고 있었다. 이동학 선생은 자신이 탄압받는 것보다 천장돌의 고생을 더 안타까워했다. 자신을 돕는 것 때문에 죄 없이 당한 것으로 생각했다. 아무것도 모르는 천장돌에게 자신이 모두 시킨 것으로 진술했다. 경찰이 순순히 믿어 줄 리 없었다.

이승만 정권은 국가보안법으로 반정부 세력을 탄압하며 보도연맹을 소집했다. 벚꽃이 만발한 4월이 되자 그 보도연맹에 좌익사범들을 가입시키는 데 집중했다. 좌익 성향인 모든 이들에게 보도연맹에 가입하면 전향 기회와 신분 보장을 하겠다는 조건이었다. 선생은 처음부터 정부의 말을 믿지 않았다. 자신을 따르는 이들에게 가입을 권하지 않았다.

"여러분께서 보도연맹에 가입하는 것은 정부를 믿을 수 없으니 가입하라고 권고는 할 수 없습니다만, 가입하시는 분을 말리지도 않겠습니다."

선생의 뜻에 사람들은 혼란스러워했다. 그때까지 가입하지 않던 천장돌은 이상태의 권유로 가입했다. 자신의 석방을 몇 차례나 도왔다는 생각 때문에 거절할 수 없었다. 민주학당에 나오는 사람들 대부분이 정부를 믿지 못하지만 가입했다. 도윤과 철묵, 이동학 선생과 그 가족은 가입하지 않았다. 그런데 신분을 보장해 준다던 정부는 신분 보장이 되는 공민권의 도민증과 구분한 보도연맹원증을 내 주었다. 가입자 중엔 약속과 다르다고 읍을 찾아가 항의한 이도 있었으나, 다음 도민증 나올 때 해 주겠다는 구두 약속만 받았다. 다음이란 것이 언제일지 막연한 일이었다.

사람들이 없는 토요일 저녁때였다. 상감마을에서 매파로 알려진 노파가 이동학 선생을 만나려고 민주학당을 찾아왔다. 머리숱이 유난히 적어 감아 뭉친 쪽머리가 호두알만한 노파였다. 그 머리에 기다란 옥잠비녀를 꽂고 다홍색 비단옷으로 한껏 치장한 차림이었다. 책을 읽으려고 나온 도윤과 선생만 학당에 있었다.

"상감리 아랫뜸 사는 이씨네 아시쥬? 대감님 벼실 지낸 분덜이 수두 읋이 나온 집안인께 그만큼 뼈대 있는 집안두 드물어유."

"그래요?"

노파의 뜬금없는 말에 선생은 의아하다는 표정이었다.

"그렇다 마다유, 고대광실 방두 아홉 개나 되구, 도지루 준 농처가 을마나 많은지 갈이 둘오는 베가마가 석 간짜리 광 두 군데를 채우구두 남는대유."

"그런 말씀을 왜 여기 오셔서 하시는지?"

"그 댁 도령허구 이 댁 아씨랑 궁합이 오쩐지 보자구 왔슈 선상님."

노파는 하경이를 중매하려고 찾아온 거였다. 도윤은 가슴이 철렁 꺼지는 것을 느꼈다. 올 것이 오고야 말았다는 생각에 온 몸의 기운이 통째 빠져나갔다.

"혼인이야 아비의 의견보다는 본인의 의견이 우선이지요. 죄송하오나 내 여식의 의중을 알아볼 터이니 나중에 오시지요."

이동학 선생도 그 중매에 마음이 있는 것인지 매파를 딱 잘라 거절하지는 않았다.

"아니 시상이 부모가 맺어 주는디 본인 의사가 뭔 상관

이래유?"

"아닙니다. 저희는 그리 안 합니다. 본인의 뜻을 우선합니다."

상감마을 아래뜸에 그렇게 사는 이씨 중에 그만한 집은 주동이네밖에 없고, 그런 조건으로 중매할 만한 총각은 하필 주동이뿐이다. 도윤은 하경을 행복하게만 해 줄 사람이라면 누구든 반대할 순 없다. 생각할 때 주동인 하경을 행복하게 해 줄 인간이 결코 아니다. 그런 주동이와 하경을 맺어 주게 해선 안 된다. 그렇다고 대놓고 나서서 반대를 할 수 없어서 답답하다. 매파를 본 후 잠도 잘 안 오고 밥도 잘 먹히지 않았다. 이틀이 지나자 앓기 시작했다. 온몸에 열이 오르고 입술이 트고 눈이 퀭하니 꺼졌다. 아버지가 걱정하며 뜨겁게 불을 지핀 방에서 종일 이불을 쓰고 떨었다.

도윤이 학당에 나가지 못한 까닭이 무엇인지 알아보려고 철묵이 찾아왔다. 상사병으로 앓아 누운 도윤을 안쓰럽게 보며 한마디 던지고 돌아갔다.

"그러게 애초부터 하지 말랬잖니. 너만 다친다고."

도윤은 철묵에게 심정을 털어놓고 나니 가슴이 후련했다. 그 덕인지 기운은 없지만 다음 날 민주학당에 나갈 수 있었다.

모두 도윤을 평소와 달리 대하는 눈치였다. 철묵이 도윤의 비밀을 지켜 주지 않았기 때문이란 것을 잠시 뒤에야 알았다. 도윤이 하경이를 흠모하고 있고 중매하려고 왔던 매파를 보고 병난 거라고, 이동학 선생께 아주 소상히 고자질했던 거였다. 그래놓고 자신은 선생의 부탁으로 먼 길을 떠난다고 차비를 하고 있었다. 선생의 부탁이지만 사실 인편으로 전해 온 유격대장의 요청이라고 했다. 지리산과 백아산의 어디에 은신해 있을지도 모르는 유격대원들을 찾아내는 일이라고 했다. 소금을 파는 행상으로 위장한 철묵은 곳곳을 돌며, 뿔뿔이 흩어진 대원들을 찾아 한곳에 응집시키려는 목적이었다. 땅 파고 심거나 집을 짓는 일과 달라서 몇날 며칠이 걸릴지 모른다. 도윤은 철묵과 함께하고 싶어도 그럴 처지가 아니었다. 할아버지와 할머니의 노환으로 그동안 맡아 짓던 농처를 도윤이 맡았기 때문이다.

학과가 끝나고 하교할 즘 선생이 도윤을 따로 불렀다. 불똥이 하경에게만은 튀지 않기를 바라며 선생께 직수굿이 무릎을 꿇었다.

"도윤아, 사람이 사람을 좋아하든 사랑하든 잘못도 부끄러움도 아니다. 오히려 까닭 없이 미워하거나 싫어하는 것이 잘못이지. 사람이 사람을 사랑하는 데 어떤 장벽이 필요하겠니? 누가 누구를 좋아해야 하고 누군 누구를 좋아하면 안 되고는 없는 거야. 단지 상대가 원하는지 원치 않는지에 따라 차이가 있는 것이지. 너는 처음부터 내가 특별히 아껴 오고 있다. 네가 무엇을 하든 다치지 않고 마음껏 떳떳하게 했으면 좋겠다."

이미 다 알고 말하니 이실직고를 해야겠다고 판단했다.

"선생님! 당돌하고 외람되고 무엄한 저를 용서해 주십시오."

"무엄하다니? 뭣이 무엄하단 말이냐? 네가 우리 하경일 좋으면 좋아하고 사랑하면 사랑해라. 다만 너에 대한 하경이 마음이 어떤지 그에 따라 네 마음을 다스려야 할 것이다. 만약 하경이도 너를 좋아한다면 네게 좋겠구나. 그땐 나도 너를 내 사윗감으로 생각해 보마."

선생께 꾸중 들을 생각에 잔뜩 주눅 들었던 도윤은 놀라고 감동되어 저절로 눈물이 나왔다.

'예 선생님, 제 분수도 모르고 하경 아씨를 사랑하게 되었습니다. 사랑하는 만큼 아씨 마음 다치지 않도록 주의하겠습니다.'

마음속으로 뇌이며 선생 앞에 조아렸다.

뛸 듯이 기쁜 도윤은 세상이 모두 자신의 것인 듯 넉넉하고도 흐뭇한 일상이 되었다. 집안일도 논밭일도 모든 고된 일들을 즐겁게 해낼 수 있었다.

며칠 동안 마냥 행복하게 지내던 도윤을 돌연 긴장시키는 일이 일어났다. 뜻하지 않게 이주동이 직접 하경을 찾아온 것이었다. 주동의 눈과 마주친 하경의 낯빛이 하얗게 질려 있었다. 주동이 자신에게 관심 있는 것을 이미 알고 있는 눈치였다. 도윤은 아직도 양반과 상민이란 주종 관계의 정신 뿌리를 완전히 버리지 못해, 주동이가 몹시 부담스러웠다. 주동이가 잠시 하경이를 응시하며 멍하니 서 있는데 선생이 나왔다.

"손님이 오셨으면 안으로 모시잖고 뭐하는 짓이냐? 어서 이리 들어오오."

주동은 뒷짐 진 채 거만한 양반걸음으로 느릿느릿 걸어 학당으로 들어갔다. 도윤도 늘 오신 손님과 함께 들어가던 것처럼 주동을 따라 들어갔다. 주동은 그런 도윤을 보더니 뒷짐 진 손을 풀지도 않고 선생 앞에서 도윤에게 호통을 쳐댔다.

"니늠이 예가 오디라구 따라 들와? 근방진 늠."

"아니야. 내가 불렀으니 그냥 놔두시게."

선생이 단호하게 주동의 입을 막고 도윤이에게 곁에 와서 앉으라고 손짓으로 불렀다. 어쩔 수 없이 주동은 못마땅한 눈으로 도윤이를 째려보다가 선생께 절부터 넙죽 했다. 선생도 얼떨결에 맞절로 받았다.

"무슨 일로 오셨기에 내게 절부터 하시나?"

"저헌티 따님을 주십사 허고 왔습니다. 따님과 지가 혼인만 허면 장인 장모 호강시켜 드리구 따님 행복허게 해 주겠습니다. 우선 저의 집으루 말씀드리자면 에, 예로부터."

"대감 벼슬하신 분이 수두룩하신 뼈대 굵은 집안이신데다 소작농처가 많아서 추수 때 창고가 부족할 정도란 말씀인가?"

말을 가로챈 선생이 주동이 할 말을 미리 다 해 버렸다. 주동이 당황해서 말을 어눌하면서도 더듬댔다.

"아, 예 그, 그렇습니다."

선생은 주동의 눈을 빤히 들여다보며 조용히 이야기했다.

"나는 그런 것 다 필요 없네. 오직 내 딸이 함께 살고 싶어 하는 사람과 행복하게 살수만 있다면 그만일세. 그러므로 내 딸이 사랑하는 사람 아니면 그 누구라 해도 아닐세."

선생의 말씀을 어떻게 들었는지 주동은 다시 얼굴이 밝아지며 자신이 넘친다.

"당연히 따님이야 저를 사랑허시겠지유. 저 말구 그럴 만헌 사람 또 누가 있간유? 상감마을 아래뜸 말구두 위뜸과 주변 마을 다 뒤져두 저만헌 신랑감은 옲습니다. 지가 지금 읍내 영성고등학교 졸업반인디 그만헌 학벌은 이 주변서 저 말구 옲습니다."

주동의 이야기를 잠자코 듣던 선생은 갑자기 자리에서 벌떡 일어나며 말했다.

"됐네. 차후에 우리 딸 의견을 알아보고 좋다 하면 다시 연락 주겠네. 그만 가보시게."

"예? 예 잘 알겠습니다. 그럼 지가 따님을 좀 뵙고 대화를…"

"오늘은 아닐세. 그냥 돌아가시게."

주동의 말을 단호히 끊어 버리는 모습에 선생이 몹시 노여워하고 있다는 것을 알 수 있었다. 그 눈치를 알아차린 주동은 벌레 씹은 얼굴이 되었다. 배웅하려고 학당 밖까지 따라나서는 도윤에게 주동은 분풀이를 하려고 했다.

"니 늠은 이 학당서 뭘 허간디 맨날 나와 사는 게냐?"

여전히 뒷짐 진 채 거드름으로 폼을 잡고 묻는다.

"뭐하러 나오다니? 공부하러 나오지."

"공부는 핵교서 허야지 이까잇 구닥다리 스당서 혀 봤자 배울 게 뭐 있다구?"

주동의 말을 듣던 도윤은 속에서 치미는 부아를 꾹 눌러 참으며 대답했다.

"무슨 말인가? 선생님의 가르침이야말로 가장 앞선 교육을 펼치시고 있네."

주동은 도윤의 말을 무시하는 뜻으로 비웃음을 입에 물고 째려보았다. 그런 그의 태도가 학당과 선생을 비웃는 것 같아 참을 수 없었다.

"말이 나왔으니 말하지. 앞으로 여기 더 올 생각이신가? 다른 일로는 오더라도 혼인 문제로는 오지 말게. 여기 아씨는 마음에 둔 사람이 따로 있으니."

"뭐? 그게 누군디? 그동안 내가 오메가메 지켜봤넌디 그럴 만헌 남자가 읇잖은가? 저 아랫말의 그자는 이미 혼인헌 거루 알구… 나 말구 누구란 말여?"

철묵이 혼인한 것까지 알고 있다니 그동안 하경에 대해 많이도 알아본 모양이었다.

"글쎄 거까진 알 거 읇구 아무턴 그리 알구 어여 가라."

고개를 갸웃거리며 뒷짐 지고 팔자걸음으로 가는 주동

을 보고야 돌아섰다. 멀찍이 서서 지켜보고 있던 하경이와 마주쳤다. 하경이 주동을 알고 있던 것 같아서 다가가 물었다.

"저늠의 자식 알고 있었나?"

도윤은 자신도 모르게 말에 뼈가 서 있다는 것을 느끼고 얼른 마음을 조절하며 조심했다.

"잘 아는 사람은 아니고, 며칠 전 아주머니들과 개울에서 빨래하는데, 곁에 앉은 아주머니가 눈짓해서 건너편을 보니 저 사내가 둑에 쪼그리고 앉아서 나만 쳐다보고 있는 거야. 웃음이 소름 돋게 음흉해서 빨래를 대강 헹구고 도망쳐 왔던 기억이 나. 틀림없이 저 사내야."

하경은 그때 생각에 지금도 소름 돋는 것처럼 어깨를 옹송그리며 떨었다.

"저거 아주 뭇던 늠이니께 조심해."

도윤의 말에 하경도 이미 알고 있으니 걱정 말라는 뜻으로 머리를 주억거렸다.

주동이 그동안 하경을 눈독들이고 지켜보았던 것 같다. 아무래도 이대로 끝낼 것 같지 않아 도윤은 은근히 걱정되었다. 하경과 사랑하는 사내가 바로 자신인 것을 알면 주동이 더욱 그대로 있지 않을 것이다. 자신은 양반이라고, 아버지 천장돌의 농처 지주라고, 막무가내 나올까 걱정되지만 그렇다고 하경을 포기할 수는 없다. 만약 자신과 맺지 못하더라도 주동과 맺어지는 것만은 어떻게든 막을 것이다. 주동의 집안이 양반이라지만 지독한 친일파 집안이라서 선생과 절대 맞을 수 없다. 하경도 알게 되면 결단코 마음을 주진 않을 것이다. 그러나 도윤은 그런 이야기를 자신이 고자질하듯이 말해 주고 싶진 않았다.

주동이 민주학당에 다녀가고 며칠 뒤에 매파가 다시 찾아왔다. 선생은 매파에게 그런 집안과는 절대로 혼인 안 한다고 단단히 못을 박았다. 그래도 자꾸 말을 붙이려는 매파였지만 선생은 단호히 잘라 버렸다. 당혹해 하며 돌아간 매파는 그 후 다시 오지 않았다.

그래도 주동은 하경을 포기하지 않고 자꾸 찾아온다고 했다. 도윤이 주동을 부담스러워 하듯이 주동도 도윤이 부담되는지 꼭 도윤이 없는 틈에만 다녀갔다. 어저께도 도윤이 없는 밤에 술에 취해 찾아와 선생과 하경을 괴롭게 했다고 한다. 도윤은 더 간과할 수 없어서 주동을 단 둘이 만나야겠다고 생각해 두었다.

청대 탈락과 알바를 찾아서

여느 때처럼 개인 연습하는 새벽 시간에 잠을 깼다. 봄인데도 운동할 수 없을 만큼 비가 심하게 내리고 있어서 밖에 나가지 못했다. 할아버지의 일기를 읽을까 하다 작은 아버지의 일이 생각났다. 끝내 서로 사이가 좋지 않았던 할아버지와 작은아버지, 까닭을 알 수 없는 작은아버지의 할아버지에 대한 불손함. 정말로 아버지와 작은아버지는 피 한 방울도 섞이지 않은 남일까? 궁금증이 꼬리에 꼬리를 물었다. 유품 중에 챙겨 왔던 사진을 꺼내 한 장 한 장 들여다보며 생각에 잠겼다.

엄마의 사진을 한번 보고 싶어도 할아버지는 엄마의 사진을 단 한 장도 남겨 놓지 않았다. 이젠 엄마의 얼굴 생김도 기억에 없다. 할머니와 어린 작은아버지가 함께 찍은

아버지 초등학교 졸업 사진이 있다. 할아버지는 옥에 있어서 못 찍었다던 사진이다. '이렇게 한 가족인데 왜 작은아버지는 내게 그럴까? 아무리 미워도 사촌 형 성겸에게도 자신에게도 서로 유일한 혈육인데….' 여기까지 생각이 닿자 인겸이는 몹시 고독하고 우울했다. 다른 사진은 모두 인겸이가 찍힌 사진뿐인데 딱 한 장 아닌 것이 있었다. 누렇게 바랜 흑백으로 갓난아기의 백일 사진이다. 사진 속의 아기가 인겸이의 돌 사진과 한 아기처럼 똑같이 닮았다. 아기는 사진 속에서 색동 한복을 입고 사진관 의자에 앉아 있다. 사진 뒷면에 할아버지의 글씨로 '천요섭'이라고 쓰였다. 아버지의 아기 때 사진이란 뜻이다. 당시에 사진기도 흔하지 않았을 텐데 어떻게 이 사진을 찍을 수 있었을까? 작은아버지 말씀대로 할머니와 할아버지가 아버지만 편애해서 일부러 사진을 찍어 둔 것일까? 곰곰 생각에 잠겨 있는데 갑자기 손에서 사진이 빠져나갔다.

"어? 이 사진은 우리 집 당할방이 가진 사진과 똑같은 사진인데?"

쌍둥이 오기만이 사진을 빼앗아 들여다보며 중얼거렸다.

"뭔 소리야? 임마 우리 아버지시다!"

인겸이는 짜증이 나서 눈을 흘기며 오기만 손에서 사진을 잡아채어 다시 빼앗았다.

"당할방 몰라? 할아버지의 형인 당숙할아버지. 정말이야 임마! 지금 우리랑 같이 사는데 그 당할방이 가진 거랑 똑같은 사진이야. 노리개까지 똑같잖아."

흑백 사진이라서 노리개가 잘 보이지도 않는데 녀석은 단번에 알아보았다. 그것만으로도 녀석이 장난칠 거리로 삼으려는 짓이었다. 지네 할아버지로는 장난칠 수 없으니 없는 종조부를 갖다 대는 짓이 장난이 틀림없다. 녀석의 동생 오기찬이 지네는 할아버지랑 함께 산다며, 그 할아버지가 선물로 사 준 최고급 축구화를 자랑삼아 하는 말을 분명하게 들었었다. 그런 녀석과 아버지 사진을 두고 농담 한마디라도 하는 것은 신성 모독이다. 사진을 얼른 가방에 넣어 두었다. 오기만은 샐쭉하니 돌아서서 무슨 말인지 중얼대며 나갔다.

"짜샤! 당숙은 아버지의 사촌인 오촌 아저씨를 말하는 거고, 할아버지의 형제는 종조부라 한다. 당숙할아버지도 엉터린데 당할방이 뭐냐? 당할방이. 무식을 훈장으로 단 놈아."

그 오기만의 뒤에 대고 혼잣말로 비웃어 주었다. 사실

인겸이도 할아버지에게 배운 것 조금 빼고는 제대로 촌수를 따지거나 그 호칭을 정확히 사용할 줄은 모른다. 할아버지도 그것도 잘 모르냐고 '무식을 훈장으로 달고 살 거냐?'고 인겸을 조롱했었다. 하지만 그런 것을 안다 해도 또래들의 은어에는 익숙하지 못한 단점도 있다. 할아버지들의 언어와 또래들의 언어가 많이 다르다는 것을 실감할 때가 종종 있다. 인겸이와 달리 할아버지와 함께 살지 않는 아이들은 마치 같은 나라에서 살아도 타국 사람을 대하는 것처럼 노인들과 언어 소통이 되지 않는다. 우리말보다 영어가 쉽다 하고 우리말 용어보다 영어의 단어를 더 많이 알고 있는 아이들이 많다. 할아버지는 그런 상황을 두고 우리말도 제대로 못 하는 아이들에게 서양 말을 먼저 가르친다며 현대판 창씨개명이라고까지 했다. 일제 강점기 때 했던 창씨개명을 미국의 강점기라서 영어로 하고 있다며 한탄했다. 세계화를 하더라도 우리 것을 발전시켜야 세계의 으뜸이 될 수 있지 남의 것으로 하면 그 남을 어떻게 따라잡아 세계 제일이 되겠냐고 했었다. 모두 돈으로 그 정신을 옮아매어 부려 먹기 좋은 기계로 양육하는 짓이라고 개탄했다. 하지만 지금까지 할아버지의 말씀에 전적으로 동조해 주는 사람은 드물었다. 인겸이 역시 옳은 말인 것

203

은 인정하는데, 왠지 꼭 다 그런 것만은 아닐 것만 같았다. 그러나 그런 말을 찾을 만한 지식도 부족하고 생각이 닿지 않아 논리를 세울 수 없었다.

새벽부터 비가 제법 내린다. 비가 심하게 많이 내릴 때는 잔디 보호를 위해 축구장에서는 연습할 수 없었다. 그래도 감독은 운동을 쉴 순 없다고 농구부의 훈련이 끝나자 체육관에서 워밍업을 시켰다. 축구장과 달리 땀 떨어진 바닥이 미끄러워 몇 번이나 넘어질 뻔했다. '운동은 다치지 않는 것도 실력이니 열심히 하되 늘 조심해야 한다'고 당부하던 할아버지가 또 그립다.

비가 그치자 본격적인 훈련이 시작되었다. 한 달 후면 문화체육부장관컵대회 겸 18세 이하 국가대표선발전이 열리기 때문이었다. 그 대회에서 좋은 성적을 내야 대표 선수도 되고 프로팀의 후원도 받을 수 있다. 뒷바라지를 할 사람이 없는 인겸이로선 반드시 대표 선수로 뽑혀야 한다. 문제는 작은아버지의 고발로 지서를 다녀오느라고 빼먹은 훈련에 대해 감독의 마음에 주전 자리가 멀어졌을 것 같아 찜찜하다. 본교 팀 주전도 못 하고 대기석에 앉아 있게 되면 스카우터의 눈에 들 기회조차 없다. 감독의 눈에 다시 들도록 더 열심히 훈련하는 길밖에 만회할 길은 없다. 감독은 체력 훈련으로 인터벌 러닝을 먼저 시작했다. 50미터쯤 전력 질주하고 또 50미터쯤 걸어가다 다시 또 50미터를 질주하는 식으로 반복하는 체력 훈련이다. 인겸이의 장점은 주요 경기에서 연장전까지 뛰어도 지치지 않을 만큼 지구력이 강한 점이다. 약점은 몸싸움이다. 몸싸움에서 상대에게 밀리지 않으려면 뚝심과 오기가 강해야 한다. 그 몸싸움을 보완하려고 새벽마다 팀원들보다 한 시간 먼저 깨어 무게 10kg의 바벨덩이를 가방에 지고 달려서 등산했다. 둥치 큰 나무에 몸을 부딪고 어깨로 밀며 몸싸움 연습도 했다. 장욱과 오제가 미련하다고 조롱해도 못 들은 척하고 연습에만 열중해 왔다.

무엇이든 몰입하면 날짜도 빠르게 간다. 개인 훈련에 몰입하다 보니 어느덧 한 달이 훌쩍 지났다. 그동안 몸이 제대로 만들어졌는지 모르지만 어느 때보다 자신 있다. 대표 선발전이 시작된 지 이틀째다. 발이 더 자라서 또 축구화를 갈아 신어야 했다. 선물받은 축구화를 더 두면 아예 신지도 못할 것 같았다. 며칠 전에 이미 꺼내 신었다. 새 신발에 발을 적응시키기 위해 미리 신은 것이다. 발에 꼭 맞고 그동안 신었던 축구화보다 훨씬 발이 편해서 실력을 발휘하는 데 좋을 것 같다. 스스로 판단할 때 이번 대회에 임할 모든 것을 다 갖추었다.

인겸이는 예선 리그 내내 기용되지 못했다. 감독은 오기만 형제를 기용했다. 인겸이나 박문수를 아끼는 것으로 생각했는데, 16강전에서조차 오가 형제를 기용하는 것을 보니 그것도 아닌 것 같다. 상대 경진고교는 사래고교만큼이나 강한 우승 후보다. 예선 첫 게임에서 실수로 실점하는 바람에 조의 2위가 되어 사래고와 만난 것이다. 인겸이와 박문수를 뺀 건 아예 대표팀에 뽑힐 기회조차 주지 않을 생각인지도 모른다. 감독이 원망되기 시작했다.

슬그머니 선수 대기석에서 일어나 화장실에 가는 척하고 경기장을 나왔다. 달리 갈 곳이 없다. 지금까지 해 온 축구를 떠나면 할 것이 없다. 대학 나온 사람들도 직장을 잡지 못해 난리인데 고등학교도 제대로 공부 못 한 사람을 써 줄 회사는 없을 것이다. 할아버지 말씀대로 농사짓는 일이나 해야 할지도 모른다. 결국 감독에게 맡기고 행운이 오기만 마냥 기다려야 할 처지다. 발길을 되돌려 다시 경기장으로 갔다.

"두둔발! 천인겸 너 어디 갔다 온 거야? 화장실에도 없던데."

소리치며 지청구하는 코치를 감독이 말렸다. 움찔한 인

겸이는 감독의 눈치를 살폈다.

"어서 몸 풀어라. 너를 내보내야겠다."

감독의 눈치가 매우 어려운 상황이지만 인겸이에겐 반갑고 고마운 소리다. 얼른 스트레칭에 들어가며 분위기를 보니 골을 먹고 지고 있는 상황이었다. 아직 전반전이 끝나지 않았지만 전반전은 진 상태로 끝날 것이다. 감독은 오기찬과 이영찬을 빼고 인겸이와 박문수를 넣었다. 오기찬을 빼는 것은 예상했지만 전력의 핵심인 이영찬을 빼는 것은 납득이 안 되었다. 이영찬은 인겸이와 아니, 팀원 모두에게 호흡이 잘 맞는 선배다. 알고 보니 장딴지에 가벼운 부상을 입어서 보호하려고 빼는 거였다. 지고 있는 상황에서 선수 보호를 먼저 생각하는 감독의 고마운 마음을 몰랐던 것이다. 전반 5분도 남지 않았다. 최선을 다하자고 파이팅을 외쳤다.

인겸이는 자신의 몸이 얼마나 자라고 얼마나 좋아졌는지 모르고 있었다. 1학년 때보다 키도 10센티미터는 더 자라고 힘도 배는 더 세어졌다는 것을 알 리 없었다. 늘 불리하던 몸싸움도 경기 내내 밀리지 않았다. 합숙하며 규칙적인 식사에다 골고루 영양 섭취를 할 수 있었기 때문일 것이다. 전반전 끝날 무렵엔 완전히 몸이 풀려 유연해지기까지 했다. '축구는 몸으로만 하는 것이 아니라 머리로도 해야 한다'던 사청 아저씨의 말이 떠올랐다. 후반전에 지고 있던 불리한 분위기를 바꾸려면 영리한 플레이를 해야겠다고 마음을 다졌다.

후반전이 흐를수록 몸이 더 가볍고 드리블이 유난히 잘 먹혔다. 상대 수비진을 단독 드리블로 헤집으며 몇 번 기회를 잡았지만 골을 넣는 데는 실패했다.

경진고 수비수 둘이 인겸이를 밀착 마크 했다. 영리한 플레이를 하자고 다짐한 인겸이는 그 수비수를 페널티 박스로부터 멀찍이 끌고 나왔다. 상대 수비 진영에 빈 공간이 생기자 발 빠른 소동찬이 그 틈새로 들어가며 박문수로부터 공을 받았다. 다시 찬스를 잡았다. 순간 인겸이도 재빠르게 밀착된 수비수들을 따돌리며 골 쪽으로 돌진했다. 소동찬이 오버래핑 하는 방국태나 인겸이에게 공을 줄 듯하다가 그대로 강슛했다. 공은 경진고 골키퍼의 손을 스치고 망을 뚫을 듯 흔들었다. 만회 골이 터진 것이다. 경진고 수비수들이 드리블에 능한 인겸이를 밀착 마크하느라고 소동찬을 놓친 까닭에 골을 넣을 수 있었다.

만회 골을 얻자 사례고교 선수들의 사기가 높아졌다. 일방적으로 공격하며 몇 차례 좋은 찬스를 만들어 내고 있다. 계속 그러다 보면 골을 얻을 수 있다는 생각을 하고 있는데 인겸이 앞에 또 좋은 공이 왔다. 드리블이 아닌 박문수와 삼각 패스로 주고 되받으며 수비수를 따돌렸다. 오른쪽 코너까지 공을 치고 들어가며 상대 골대 앞을 보니 이미 수비가 밀집되어 있다. 그 골대 앞으로 차올리는 척하고 태클 들어오는 수비수 하나를 따돌린 다음 페널티 박스 앞쪽 빈 공간으로 공을 몰았다. 골 앞쪽에 몰려 있던 수비수들이 미처 인겸이를 막아서기 전에 골을 향해 왼발 터닝 슛을 했다. 강하고 낮게 깔린 공은 달려오며 태클하는 수비수들 틈 사이로 빠져나가 반대편 골 구석에 꽂혔다. 골인이다. 사래고 감독 코치 모두 두 팔을 번쩍 들며 일어나는 모습이 보였다. 박문수와 소동찬부터 쫓아와 매달리며 점점 무거워지는 것을 느꼈다. 이쯤 되면 스카우터나 대표선발심의위의 눈에 들었을 것이라고 두 주먹을 가슴에 대고 가볍게 떨었다.

사래고는 대표선발전 겸 문화체육부장관기대회에서 우승했다. 처음으로 감독의 입에서 이번 대회에서 천인겸의 활약이 돋보였다는 칭찬을 들었다. 유소년 국가 대표에 들 수 있다는 기대가 부풀었다. 대회가 끝났으니 며칠 훈련을 쉬지만 인겸이는 개인 훈련을 했다.

사래고는 휴식 기간이 끝나자 이내 다시 팀 훈련을 시작했다. 곧 있을 대한축구협회기 유소년대회를 대비하기 위해서다.

훈련을 시작하던 날 청소년대표 1차 명단이 발표되었는데 천인겸은 명단에 없었다. 실망을 넘어 절망으로 온몸에서 힘이 다 빠져나가 버렸다. 노력하는 만큼 이뤄진다고 믿었던 말도 다 헛말이라고 생각되었다.

오기만과 오기찬 쌍둥이 형제가 대표팀 명단에 올라 있다. 소동찬과 유장욱, 박문수도 함께였다. 그들은 대표팀에서 제외된 인겸이와 이영찬 보기가 민망했던지 축하도 제대로 받지 않고 피했다. 후원회와 코치진에서조차 천인겸과 이영찬이 빠진 것을 믿지 못하겠다는 말이 나왔다.

"이번 대회에서 사래고가 우승하는 데 가장 큰 역할을 한 선수가 천인겸과 이영찬이라 해도 이의할 사람이 없을 텐데 웬일이야?"

"그러게 말이야. 둘 다 그동안의 활약들도 청대에 들지 못할 까닭이 없잖아? 오히려 기만이 형제야 말로 실력이 평범한 아이들인데."

인겸이는 그런 말을 듣기에도 자존심이 상했다. 주무와 닥터는 말 못 할 무엇인가를 아는지, 결과를 예상이라도 한 눈치다. 그보다 더 까닭을 모를 일은 발표가 나오자마자 황 감독이 사레고 팀을 그만둔다는 것이었다. 큰 대회에서 우승한 감독이 국가 대표를 맡아야 마땅한데 국대 감독은커녕 본 팀에서조차 경질되는 것인가? 갑자기 그만두는 것은, 더 좋은 팀으로 영입되었거나 특별한 사정이 있어야 한다.

축하 받을 박문수가 보이지 않아 찾아보니 독서실에 있었다.

"어사 나리 청대 뽑힌 것 축하해. 오늘 축구 연습도 안 하고 뭐하시는 거야?"

박문수는 빙긋이 웃더니 인겸이 손을 잡고 자리에 앉혔다.

"나 스페인으로 유학 가게 됐다. 축구 유학, 그래서 스페인 말 공부 좀 하려고."

"어, 어떻게 갑자기 그런 계획을 했어? 청대는 어쩌고?"

유학이란 말에 놀란 인겸이는 믿기지 않았다. 청소년 대표에 들지 못할 줄 알았나?

"대표팀엔 소집할 때마다 참여하면 되지… 둔발아 내게 없었던 부자 할아버지가 갑자기 나타나셨다. 이름난 기업 회장 할아버지인데 우리 아버지가 6·25 전쟁 때 잃어버린 자기 아들이라나? 우리 할아버지는 시골에 계신데 돌아가신 우리 아버지는 어떻게 아버지가 두 분이신지 영문을 모르겠어. 아무튼 내가 당신의 하나밖에 없는 손자라고 축구 유학이라도 보내서 국가 대표 선수로 만들어 줄 거래. 나 때문에 사래고 축구팀을 지원하기로 약속하고…."

진지하게 말하는 태도로 보아 장난도 아닌데 놀랍기도 하고 믿어지지도 않았다.

"정말? … 장난 아냐?"

"나도 꿈꾸는 것 같고 믿어지지가 않아. 처음 만난 날 그 할아버지는 나를 얼싸안고 펑펑 울고 난리도 아니었다."

"이야~! 어떻게 그런 드라마 같은 일이 어사님께 생길 수 있지?"

국가 대표 선수를 만들겠다고 축구 유학까지 보내 주는 할아버지를 만났다는 박문수가 부럽기도 했다. 하지만 잠깐이었다. 유학 갈 생각에 매우 들뜬 박문수의 모습이 다른 사람 같다. 마치 복권 당첨이라도 한 사람처럼 들뜨고 헤프다. 인겸이의 속은 박문수를 보내는 아쉬움보다, 그 동생 수린이가 아쉽다. 자신이 올려다보지도 못 하고 올라가지도 못 할 나무로 바뀐 것 같아서 더 실망이었다.

"언제쯤 어느 팀으로 가는 거야?"

"새 학기 때쯤일 것 같아. 스페인이라고만 했는데? 절차와 조건이 얼마나 까다로운지 부모가 스페인에서 살 수 있어야 한다나? 그것도 그 할아버지께서 다 알아서 해 주겠대."

박문수가 축구 유학을 가게 된 이야기는 이내 축구부원 전체에 퍼졌다. 그 바람에 청소년 대표 선수 일은 모두 잊혀져 버렸다.

새 감독이 온 이틀 만에 후원 멤버에서조차 인겸이가 제외되었다는 통보를 받았다. 인겸이는 낙심할 틈도 없이 고민에 빠졌다. 인겸이는 훈련도 잘 되지 않고 책도 읽히지 않았다. 도라지 판 용돈도 얼마 남지 않았다. 특별한 후원자가 없으니 용돈 떨어지면 아르바이트라도 해야만 한다. 그러지 않으면 축구는커녕 학교 졸업도 못 할 사정이다. 이럴 때 고민을 털어놓고 의논할 사람도 없으니 할아버지가 더 그리웠다. 할아버지 말씀대로 진작 축구를 그만두고 공부나 할 것을 그랬나 싶다. 작은아버지는 지서에서 본 뒤로 통화조차 단 한 번 못 했다. 전화해 봤자 달가워하지도 않을 것이 뻔하고 고민 따위는 더더욱 들어 줄 리 없다. 그래도 먼저 연락하는 것이 도리인 것 같아 아무 기대도 없이 그냥 전화를 해 보았다. 번호를 바꾸었는지 몇 번을 다시 해도 끝내 받지 않았다. 사청 아저씨에게라도 털어놓고 싶지만, 자신 때문에 지서까지 가게 한 일만도 미안한데 이런 일로 또 걱정 끼치고 싶지 않았다. 어디 알바 자리라도 구해 봐야겠다고 생각했다. 하루하루가 무거운 등짐에 짓눌려 사는 것 같은 마음이다.

"야, 인겸아!"

김오제가 씩씩거리며 달려와 흥분을 감추지 못하고 숨이 넘어갈 듯이 말했다.

"너 혹시 그 소리 들었냐? 멧돼지네 어머니가 재벌 기업 상무인데 한국축구협회 이사래"

돼지 형제 이야기라면 듣고 싶지도 않고 입에 올리는 건 더더욱 싫은 인겸이다.

"그게 뭐 어떻다구?"

시큰둥한 인겸이의 대답에 장욱이 더 열을 올린다.

"너는 이쯤에서 감이 안 오냐? 이 학교 축구부에 충분한 비용을 매년 후원하기로 약속했다는데, 그 조건이 쌍둥이 돼지를 청대 명단에 올려 주는 것이었대. 내가 그럴 줄 알았다니까. 황 감독님이 교장과 다툰 이유도 그것 때문이래."

"넌 그런 소리를 어디서 어떻게 들은 거냐? 헛소문이면 너 다친다."

인겸이는 쉽게 믿어지지 않는 이야기였다. 후원은 어사 할아버지가 약속했다는데 그것부터가 다르다.

"화장실서 큰 거 보고 있는데, 학교 행정과장이랑 직원 둘이 소변을 보며 내가 듣는 줄도 모르고 그런 이야기를 하더라니까."

오제는 들뜬 목소리를 조용히 낮추고 특유의 큰 눈을 꿈 벅거리며 차분히 설명했다. 그래도 인겸이는 쉽게 납득이 되지 않았다.

그 이야기가 돌면서 기만이 형제와 협회 이사와의 관계 를 알게 되었다. 축구협회 이사의 외삼촌이 유명 기업 회 장인데, 그 회장에게 직손이 없어서 그 이사의 아들인 기 만이 형제를 친손자처럼 여기고 있다는 말이었다.

축구에 대한 열기가 식은 참에 나이를 위조해서라도 일 자리를 구해야 한다. 아무 경험도 안 해 본 어린 인겸이로 선 부담스럽고 어려운 일이다.

미성년자는 만 15세부터 아르바이트를 할 수 있다. 더구 나 인겸인 생일도 10월 말로 늦은 달이고 학교도 다른 아 이들보다 일찍 들어간 편이라서 곧 고등학교 2학년에 오 르는데 만 15세가 되려면 몇 달 부족하다. 나이를 속여서 알바자리를 구하려면 인겸이보다 두 살쯤 많은 선배의 신분증이 필요하다. 그러나 선뜻 자기 신분증을 빌려줄 만한 선배가 얼른 떠오르지 않았다. 유학 갈 날을 기다리는 박문수가 인겸이보다 나이가 많긴 한데 아직 미성년 같아 만 15세를 채웠는지 모르겠다. 일단 박문수의 나이도 가늠해볼 겸 어렵지만 말을 꺼냈다.

"어사 형, 신분증 좀 있으면 잠깐만 빌려줘."

"신분증은 뭐하려고?"

"나 돈 벌어야 해서, 안 하면 학교도 그만두어야 될 거야."

박문수는 의아하다는 표정이었지만 망설이지 않고 선뜻 지갑에서 주민등록증을 꺼내어 내밀었다. 갓 나온 듯 흠집 없이 깨끗한 주민등록증이었다. 박문수의 나이가 만 열일곱 살이라니… 생각보다 많다. 아마도 중학교 때 한 해가 아닌 두 해는 꿇었던 것 같다.

"자, 그런데 이걸로 무엇을 어떻게 하려고?"

주민등록증을 건네 받으며 미안하고 고맙다는 말보다 먼저 설명부터 했다.

"내 사진을 붙여서 복사하면 신분증 사본이 되지. 그거 내고 알바 자리…"

인겸이의 설명을 듣다 말고 박문수는 얼른 신분증을 도로 빼앗아 버리며 정색을 했다.

"안 돼 인마! 그건 위조야. 범죄라고!"

범죄라는 말에 인겸이는 움찔했다. 하지만 벼랑 끝인데 그렇게라도 안 하면 죽는 길밖에 없겠는데 어떻게 그냥 포기하겠는가?

"어사 혀엉 딱 두 달 반이야. 그것만 지나면 나도 만 열다섯 살이 되거든 그때까지만 빌려줘 응?"

"글쎄 알바든 핫바든 사정 딱한 건 네 알 바지 범죄에 협조할 만큼 내 알 바 아니다."

박문수는 아예 안 듣겠다고 인겸이를 등지고 돌아앉아 버렸다. 왕 앞에 아뢰듯이 엎드려 간청해도, 귀요미로 아양을 떨어도, 개그맨처럼 "골났냐? 뿔났냐?" 장난 걸어도, 박문수는 마음의 문을 꼭꼭 빗장 걸어 놓고 딴전이다. 마지막으로 박문수 곁에서 멀찍이 떨어져 기가 죽은 듯 말없이 앉아 고개 수그린 채 땅만 보는 방법이다. 불쌍하게 보이면 마음이 약해져서 빌려줄 것이란 기대였다. 치사하고 궁색한 방법이지만 어쩔 수 없이 해 보는 것이다. 하지만 아무리 기다려도 박문수는 냉정했다. 누구의 신분증을 빌려야 할지? 코치들은 나이가 너무 차이 나서 안 되고, 고 3

학년이나 대 1학년 선배면 좋은데, 팀원들이 알아봤자 소문만 파다할 것이다. 마땅한 대상이 없다.

신분증 빌리는 것을 포기하고 다른 방법을 찾아보기로 마음을 바꿨다. 사실상 만 13세~14세도 취직이 가능하다는 것을 안다. 예술 공연과 같은 직종은 13세 이하도 괜찮다. 그런데 그 조건도 지방 노동관서로부터 취직 인허가증을 받아 내야 한다. 그 인허가증을 받으려면 일하고자 하는 지역에 있는 고용노동부 관할지방청 민원실에 가서 '취직인허증 교부신청서'를 작성해서 발급받아야만 할 수 있다. 그 발급 요건이 꽤 까다롭다. 우선 첫 번째로 도덕과 정서, 교육에 유해하거나 위험한 직종이 아닌, 건전한 작업이어야만 한다. 두 번째로 생명과 건강 혹은 복지에 위험이 초래되거나 유해하지 않아야 된다. 세 번째로 근로 시간이 학교 수업에 지장을 주지 않아야 한다. 네 번째로 친권자 또는 후견인의 동의와 학교장의 의견이 명기되어야 한다. 이런 조건을 갖춘 뒤에 취직 인허가증을 신청해야 하는 절차가 인겸이로선 너무 큰 부담이다.

우선 인겸이의 사정을 대충 알고 있는 주민자치센터의 복지부서로 찾아가 할 만한 일자리를 구해야겠다고 도움을 청해 놓았다. 다음으로 할 일은 번화가로 나가 구인 광고라도 찾아보는 것이다. 그렇게 움직여야 어떤 길이라도 열릴 수 있을 것이라 생각되었다. 수업과 훈련이 없는 시간에 시내버스를 타기 위해 교문을 나섰다.

도시의 번화가를 처음 들어와 본 인겸이다. 바삐 오가는 수많은 사람마다 살아가는 방법이 다 다를 것이다. 그중엔 인겸이 자신보다 더 사정이 안 좋은 사람도 더러는 있겠지. 그들도 나름대로의 방법을 찾아 살아가고 있다. 나서면 가는 곳이 길이니 고달프더라도 훈련의 한 가지라 여기고 열심히 임해 보자고 마음을 다졌다. 간이 버스정류소에 있는 생활 광고지를 손에 들고 앉을 곳을 찾아 두리번거리다가 가까운 빌딩 앞 공유지로 갔다. 빌딩 1층이 본점만큼이나 큰 대한은행 앞이다. 잔디와 화목을 수북이 심고 대리석 테두리를 하여 깔끔하게 꾸며진 정원이었다. 무성한 나무의 그늘진 대리석 위에 엉덩이를 올려놓았다.

생활 광고지에는 부동산 매물과 건물과 주택 임대 등에 관한 광고 일색이다. 반쪽도 채우지 못한 분량의 구인 광고 난은 광고지 뒤편에 있었다. 그중에 해낼 만한 직종을 보니 식당 서빙과 편의점 카운터와 야식 배달이었다. 편의점과 야식 배달은 저녁부터 아침까지 매일 밤을 지새우는 일이라서 조건에 맞지 않았다. 나머지 식당 서빙은 전화도 없이 직접 찾아갔다.

"어린 학생은 채용 안 한다. 공부를 열심히 해야지 벌써부터 돈맛 알면 어쩌누?"

뭉툭하고 다부지게 생긴 여주인은 나무라듯이 퉁명스레 말했다. 인겸이는 쉽게 포기할 수 없어 머뭇거렸다. 여자는 빨리 꺼지라는 뜻인지 물 한 바가지를 퍼서 주차된 마당 쪽으로 냅다 뿌려 댔다. 하마터면 물을 뒤집어쓸 뻔했다. 무안을 당한 기분으로 갈 바를 잃고 도로 가에서 잠시 멍청히 서 있었다.

"어린 것이 돈 생기면 나쁜 짓이나 하려는 것이지 지가 공부 말고 할 게 뭐 있어?"

뒤통수에 대고 중얼거리는 여주인의 말소리가 인겸이의 가슴을 잡아 뜯는 것 같았다. 다시 정신을 가다듬고 큰 찻길에서 벗어나 도심 깊은 시장 안으로 발길을 돌렸다.

창고처럼 보이는 조립식 건물 벽에 붙은 구인 광고가 눈에 들어왔다. 생선 도매상에서 작업할 사람을 구한다는 광고였다. 작업은 냉동되어 돌덩이처럼 굳은 생선 상자를 소매상마다 주문대로 배달하거나 상자에서 냉동 생선 하나하나를 떼어 내는 일이라 했다. 상자를 배달하는 일이 무게 때문에 힘이 들더라도 할 수 있고, 장부 기입은 정확히 잘할 수 있다. 생선을 떼어 내는 일이 어떨지 모른다. 상자째 메어 치고 망치로 두들겨도 생선은 상하지 않게, 얼음만 깨고 떼어 내는 일이라 까다롭고 힘들 것이다. 그래도 인겸이는 자신이 해 볼 만하다고 여겨져 들뜬 마음으로 생선 도매상을 찾아갔다.

가게 주인으로 보이는 늙수그레한 이가 큰 탑차를 시동을 걸어 둔 채 장부 정리를 하고 있었다. 어디를 급히 가려는 참인 것 같았다. 인겸이는 용기를 내어 다짜고짜 말을 걸었다.

"저, 사래고교 학생인데요. 광고 보고 왔어요. 뭐든지 시키시면 잘할게요."

인겸이를 아래위로 훑어보던 주인은 아니라고 손을 사래질하며 대답했다.

"니는 학교서 및 시 와가꼬 및 시까지 일 할낀데? 니 일 하라 나올 시간이몬 우린 이미 문 닫꼬 항구 드가 있을 끼래이."

도매상 주인은 오후 한 시면 시장 일을 끝내고 항구의 수산물 경매센터랑 두루두루 들러 트럭에 가득히 생선을 받아 와야만 다음 날 시장 소매상인들의 수요량에 맞출 수 있다는 것이었다. 그래서 아침 일찍부터 오후 한 시까지가 일할 사람이 필요한 시간이라고 했다. 인겸인 빨라도 오후 세 시를 넘겨야 시장에 나올 수 있다. 그러니 한두 시간 차이라면 어떻게 조율을 해 본다지만 도저히 맞춰 볼 수 없는 시간의 차이였다. '다른 시간엔 사람이 필요 없냐'고 묻자 주인은 더 말할 가치도 없다는 듯 트럭을 몰고 사라졌다. 몇 군데를 더 돌아보았지만 모두 허탕이었다.

허기진 몸으로 기숙사에 돌아와 보니 누가 다녀갔다고 한다. 인상착의가 작은아버지인 것 같다. 또 무슨 일인지? 도라지 판 돈은 이미 다 써 버려서 얼마 남지도 않았는데 그것을 가지러 왔다면 또 얼마나 노발대발할지, 마음을 짓누른다.

무거운 마음을 잠시라도 달래려고 습관처럼 할아버지의 일기장으로 손이 갔다.

유월의 모내기와 결투

유월은 모내기 철 막바지이고 보리 추수 때라서 천장돌은 더욱 바쁘다. 때를 놓치면 한 해 농사를 망치기 때문에 절기에 따라 날짜에 따라 할 일이 정해진 것이 농사다. 이럴 때는 도윤도 아버지를 도와야 하기에 매우 바쁘다. 더구나 적지만 할아버지의 농처도 도윤이 맡았으니 한가로이 주동을 만날 수 없었다. 아이들을 가르치는 일이 중요하지만, 쉴을 내다보는 아버지가 동분서주하는 모습을 보면 아들인 자신이 돕지 않을 수 없었다. 선생께 허락받아 가장 바쁜 며칠간만 논일을 돕기로 했다. 아이들 공부는 하경에게 맡겼다. 늦어지는 진도는 나중에 보충 수업으로 채우겠다는 약속도 함께 했다.

그날은 천장돌이 짓는 천수답 계단 논들에 모심는 날이

었다. 마침 일요일이라 학교 수업이 없고 도윤도 아침 일찍부터 모심는 일에 나섰다. 온 마을 농군들이 서로 네 논 내 논 할 것 없이 품앗이로 함께 심어 가는 모내기다. 이런 날은 소작농군뿐만이 아니라 지주가 아낙들에게 막걸리와 새참을 내도록 비용을 댄다. 마을 사람들 대부분이 함께 나와 새참과 농주를 나누는 날이다. 그럴 때 일꾼들은 고단함을 덜고 서로 정도 쌓아진다.

논 가운데엔 심기 좋게 짼 모 묶음들이 적당한 거리만큼씩 군데군데 던져 놓여 있다. 심어 나가며 하나씩 차례대로 풀어서 나누어 심을 모 묶음들이다.

도윤은 제일 가장자리에 서서 못줄 잡이를 함께하며 모를 심었다. 정방향모심기는 못줄을 이용해 모들의 간격을 일정하게 맞춘다. 한번 꽂으면 못줄 앞과 못줄 자리와 못줄 뒤까지, 세 줄의 모를 못줄 눈금에 맞추어 심고 못줄을 옮겨 꽂는다. 도윤이 모의 간격이 적당하도록 못줄의 기준을 잡았다. 맞은편에서는 천장돌이 호흡을 맞추며 들쭉날쭉한 천수답의 폭에 따라 못줄을 풀었다 감았다 하며, 눈금과 간격을 맞추어 팽팽하게 당겨 꾸리를 꽂았다. 모꾼들은 손에 든 모를 째어, 각자 맡은 만큼의 못줄의 눈금에 맞추어 모를 꽂아 심었다. 각각 맡은 대로 모를 다 꽂고 나면 다시 못줄 꾸리를 뽑아 옮겨 주는 일을 신속하고 정확하게 해 주어야 한다. 못줄 잡이는 못줄을 꽂고 자신이 맡은 못줄 마디마다 모를 빠르게 꽂아 심고, 또 이내 다시 못줄을 옮기느라 잠깐도 허리를 펼 사이가 없다. 기준을 잡아 주는 도윤보다 아버지의 못줄을 감고 풀며 잡아 주는 빠른 손이 가히 예술이다.

벽두부터 나와서 아홉 시가 넘으면 배도 고프고 뜨거워지는 햇볕에 목이 마르다. 그 때 아낙들이 새참으로 내오는 막걸리와 호박부침이 기다려진다. 막걸리로 목을 축이며 고픈 배를 채우면 또 뜨거운 태양 아래서도 점심 나올 때까지는 견디며 해낼 수 있다.

새참 시간이 지나자 이동학 선생도 나와 모심는 일에 함께했다. 천장돌은 선생이 합류하자 송구해서 어쩔 줄 모르며 만류하려고 했다. 그러나 선생은 웃으며 바지를 허벅지까지 걷어 올리고 논에 들어섰다. 모두 선생은 모심는 일에 서투를 것으로 여겨 떫은 감을 씹은 얼굴로 마지못해 받아 주었다. 하지만 예상 밖이었다. 나란히 나열한 사람들 가운데쯤에 끼어든 선생은 옆 사람보다 손이 빠르고 모 포기도 적당하게 심었다. 모를 심어 나가는 속도가 한결 빨라진 것이 느껴질 정도였다. 점심때쯤 되니 네 다랑이 논이 연록 빛 모로 채워졌다.

그렇게 점심밥도 내와서 먹고 오후 세 시쯤이 지나면 지쳐 늘어지려는 몸을 다시 달래야 막바지 일을 해낼 수가 있다. 그때쯤 또 오후 새참을 내온다. 이번 새참은 인절미와 식혜가 함께 나왔다. 막걸리로 얼근하니 모두들 원만히 피로가 가시자 다시 의욕 넘치게 모를 잡을 무렵이었다. 주동이 특유의 양반걸음으로 나타나 뒷짐 지고 구경한다. 모두 일하는데 혼자 그러고 싶은지? 보기에 민망하다.

그때 지쳐 가는 일손에 흥을 불어넣으려고 선생께서 해설하듯이 농부가를 시작했다. 선생이 없다면 도윤의 아버지 천장돌이 구성지게 부를 것이다. 선생은 앞의 사설을 마음 가는 대로 개사하여 읊는다.

"열두 다랑이 계단지기를
언제 어찌 다 심어 낼소냐
걱정 근심에 땅이 꺼지고
신세해찰을 부려 댄다고
태봉산신이 심어 주시나
옥황대신이 맡아 주시나
오뉴월의 긴긴 해는

일 잘 되라 더디 가고
땀 조리는 뙤약볕은
모 잘 되라 끓는다네
새참 한상 치웠겠다
통 막걸리 비웠겠다
소리가락에 손발 맞추며
신명나게 심어 가세에~"

없는 풍물 대신 북, 장구와 꽹과리 소리까지 입으로 모사하는 선생의 모습이 도윤에겐 생경했다. 들다 보니 이내 어색함이 사라지고 어깨춤이 절로 난다.

"띵다딩따 띠딩땅따 뚜둥두리 둥뚱뚜리
깨갱매 깨갱매 깽매깽매
어럴럴럴 상사뒤여
여어 여어 여어이 여어루우 사앙사아뒤이여어
여보시오 농부님네 이 내 말을 들어보오
어어화 농부님 말 들어요
상감리란 고을에는 신산이 비친 금당이라
저 농부들도 상사소리 메기는데

각기 저정거리고 더부렁 거리네"

　선생의 목청이 좋아 모를 꽂는 손들을 저절로 가볍게 흥
을 돋우었다. 노래 가사도 때와 장소에 따라 개사하여 부
르는 것 같았다. 이쯤 되자 하나둘 전렴을 따라 부르기 시
작하며 흥을 돋우었다. 그때까지 구경하던 이주동도 노래
에 고무되었는지, 아니면 뙤약볕에 목이 말랐던지 마시다
남긴 막걸리 주전자를 들고 벌컥벌컥 들이켰다. 모두 그
주동은 아랑곳없이 선생의 노래와 일에만 열중하고 있다.

　"여어 여어 여어이 여어루우 사앙사아뒤이여어

　여보시오 농부님네 이 내 말을 들어보오

　어어화 농부님 말 들어요

　남훈전南薰殿 달 밝은데 순舜임금의 놀음이오 학창의 푸
른 대 솔은 산신님의 놀음이로다

　만석 풍을 비라리하여보세

　여어 여어 여어이 여어루우 사앙사아뒤이여어

　여보시오 농부님네 이 내 말을 들어보소

　어어화 농부님 말 들어요

　오뉴월이 당도하면 우리 농부 시절이로다

패랭이 꼭지에다 장화花를 꽂고서

마구잽이로 춤이나 추어 보세

여어 여어 여어이 여어루우 사앙사아뒤이여어

여보시오 농부님네 이 내 말을 들어보소

어어화 농부님 말 들어요

돋는 달 지는 해는 벗님 등에 싣고 지고

향기로운 이내 땅 위에 찰베메베 나리어 놓고

우리 보배를 가꾸어보세

여어 여어 여어이 여어루우 사앙사아뒤이여어"

여기까지 중모리로 부르던 선생은 중중모리로 넘어가며
신명이 나서 저절로 어깨까지 들썩인다.

"어화 어화 여어루 상사디여

여보소 농부들 말 듣소 어화 농부들 말 들어요

운담풍경근오천雲淡風輕近午天은

방화수류訪花水柳하여 청천으로 나리소사

어화 어화 여어루 상사디여

여보소 농부들 말 듣소 어화 농부들 말 들어

다 되었네 다 되었어

서 마지기 논배미가 반달만큼 남았구나

니가 무슨 반달이냐 초생달이 반달이로다

어화 어화 여어루 상사디여

여보소 농부들 말 듣소 어화 농부들 말 들어

내린다네 내린다네

무엇이 내린다나 오뉴월 단비 내린다네

오뉴얼 단비가 내리나면 금년 추수도 곱절이로다

어화 어화 여어루 상사디여

또 들어온다 새참 바구니 또 들어온다

어화 어화 여어루 상사디여"

　점점 전, 후렴을 하나 둘 따라 부르다가 모두 힘겨움 대신 흥겨움으로 모를 심었다. 모내기는 그렇게 하루 할 양을 다하려면 이를 땐 저물녘에 끝나고 늦을 땐 달빛 신세까지 지고서야 끝난다. 도윤이가 도와서인지 선생의 덕인지 저물녘에 열두 다랑이의 계단 논을 다 끝냈다. 다른 곳의 논을 더 심고 싶어도 모를 손으로 잡기 좋도록 미리 째놓지 못해서, 모내기는 다음 날로 넘겨야 했다. 일할 양을 다 해 놓고 나야 개울에서 씻고 하루 일을 끝내는 것이다.
　아버지와 선생은 사람들과 함께 다음 날 심을 아래뜸 논에 모를 째놓기 위해 내려갔다. 바지게에 얹은 모를 도윤이 지고 가려는데 아버지가 한사코 자신이 지겠다고 말렸다. 도윤은 못 이기는 척 아버지께 양보하고 씻으러 개울에 들었다. 종일 땀에 찌든 옷을 훌훌 벗어던지고 물에 뛰어들 때가 가장 즐겁다.

물에서 나와 옷을 입고 민주학당으로 가려는 참이었다.

"왜 이래욧!"

여성, 그것도 하경의 날이 선 목소리였다. 개울 아래쪽 건너편 빨래터였다.

"어머! 이거 놔욧! 아잇 사람 살려욧!"

여성들의 긴급한 비명이었다. 도윤은 반사적으로 몸을 퉁겨 빨래터 쪽으로 내달렸다. 산 그림자가 덮여서 어둑하지만 분명 이주동과 하경이었다. 술에 취한 주동이 하경과 그 또래 아가씨 둘을 괴롭히고 있었다. 아니, 하얗게 질려 떨고 있는 다른 아가씨들보다 하경이를 잡고 추태 부리는 모습이었다. 달려든 도윤은 주동을 잡아채어 하경이로부터 떼어 내며 하경이를 보았다. 하경이는 빨갛게 상기한 얼굴을 손으로 감싸고 주저앉아 버렸다.

"아니, 넌 뭐여 임마! 오디라구 감히 니 따위가 껴들 엄."

주동이 말하다 말고 '착!' 소리와 함께 나동그라졌다, 도윤이 자신도 모르게 주동의 뺨을 갈겼던 것이다.

"아니 이 새끼가 미쳤나? 너 오늘 내 손에 죽어 봐라."

주동이 비틀거리며 일어나서 도윤을 향해 주먹을 날렸다. 하지만 어림도 없이 허공에 허우적거리며 제풀에 나가 떨어졌다. 술에 취한 데다 날렵한 도윤을 이겨 낼 수 없었다.

"하경 씨를 좀 부탁드립니다. 어서 모시고 가 주세요."

계속 달려드는 주동을 피하며 곁에 떨고 서 있던 아가씨들에게 하경을 부탁했다. 기왕 이렇게 된 것, 주동과 확실하게 매듭을 짓고 말겠다는 생각을 했다.

"너 이 새끼 나를 쳐? 근방진 새끼 이리 와! 안 와? 오늘 너 뒈진 줄 알아라."

도윤은 입으로만 으르렁대는 주동의 꼴이 하나도 무섭지 않았다. 취해서 비틀거리며 덤비는 주동을 슬쩍 슬쩍 피했다. 여성들이 안전하게 피한 것을 확인한 도윤은, 오른손으로 주동의 뒷덜미를 부여잡고 왼손으로 한쪽 팔을 뒤로 꺾어 잡아 더 침침한 산길로 끌고 갔다. 주동은 도윤의 힘을 당해 낼 수가 없어서 버둥거리지만 소리는 지르지 못했다. 자신이 볼품없이 끌려가는 꼴을 사람들에게 보이기 싫었을 것이라 짐작했다. 해질녘의 땅거미까지 주변의 시선을 가려 주고 있었다.

낭떠러지 있는 데까지 닿았다.

"지금부터 내가 하는 말 잘 들어. 안 그러면 저 아래로 던져 버릴 테니까. 알았어?"

주동은 도윤의 결연한 표정을 보고서야 고개를 끄덕였다. 꺾어 잡았던 팔을 풀어 주며 바위에 앉혔다. 팔목이 아팠던지 쓰다듬는 주동은 취기가 멀찍이 달아난 듯 냉정해진 얼굴로 도윤을 노려보았다. 주동과 서너 발 떨어진 곳의 바위에 도윤이 앉으며 말을 이었다.

"앞으로 하경 씨 찾아다니면 내가 너를 가만 안 둔다. 지금 밝히지만 하경 씨는 나랑 정혼한 사이다. 못 믿겠으면 내일 술 깨고 너 그 잘난 양반답게 학당에 와서 본인과 선생께 확인해 봐. 그리고 양반 행동이 그게 뭐니? 아녀자들 희롱이나 하고 무슨 추태야? 그게 양반이 할 짓이니? 하경 씨뿐 아니고 마을 여자들에게도 행동 잘해. 안 그러면 내가 참봉 어른께 가서 네 행동거지 말씀드리며 정식으로 따질 테니까."

참봉은 현재 이씨 종친 중 항렬로 가장 어른이고 나이로도 칠순에 가깝다. 이씨들 중 나이가 더 많은 노인도 그의 말을 거스를 사람이 없었다. 그는 누구라도 이씨의 품위를 손상시키는 행동을 하면, 최고는 관에 고발 처벌을 하거나 이씨 종손 외엔 누구든 족보에서 퇴출시킬 수 있었다.

도윤의 말을 듣는 주동은 무슨 생각인지 표정이 굳어지며 눈꼬리가 파르르 떨렸다. 도윤은 내친김에 할 말 다 하려고 작정한 듯이 계속 이어 갔다.

"그리고 이제부터는 나를 천것이라고 하지 마라. 너의 땅 좀 붙여 먹느라고 너의 집안에 종노릇하는 것은 우리 아버지까지가 끝이다. 나는 네게 백 번 죽어도 그 노릇 안 한다. 지금이 어느 시대인데 어디다 양반 상민을 들이대며 귀천을 따져? 너나 나나 살 찢어지면 붉은 피 나오는 것이 똑같고 먹으면 싸는 것도 같고 이목구비 개수도 같고 벗으면 달린 것도 똑같다. 너와 내가 차이 나는 것이 있으면 지금 말해 봐…. 그러니 내게 다시는 천것이라 하지 마! 절대로 나는 너보다 천하지도 귀하지도 않으니까."

주동은 듣는지 안 듣는지 무슨 생각을 하는지 표정 없고 말도 없이 앉아 있기만 했다. 그 태도가 마음에 들지 않았지만, 그것까지 트집 잡기엔 좀생이 짓 같아 내키질 않았다. 긴긴 해가 땅거미를 덮어 주고 서산마루를 넘어간 지 꽤 되었다. 사방이 어둡고 몹시 후텁지근한 저녁이었다.

한 장도막을 장마가 차지해서 닷새 동안 비가 내렸다. 천수답마다 물이 넉넉해지자 사람들의 마음도 더 후덕해진 것 같다. 장마가 끝나니 본격적으로 뜨거운 여름이 시작이다. 이르게 심은 모는 그새 자라서 짙푸른 벼가 되었다.

이주동이 결혼했다. 도윤이 경고한 뒤로 민주학당에 얼씬도 하지 않더니 얼마 안 되어 결혼을 알렸다. 성대한 잔치를 열고 아랫동네 부면장 딸과 결혼을 했다고 자랑도 할 만큼 했다. 부면장은 상감마을 일대에서 가장 잘 알려진 인물이다. 읍에서 계장인데 마을에선 부면장이라 부른다. 자신의 딸보다 나이가 세 살밖에 더 많지 않은 작은 부인까지 둔 그 마을의 실세다. 양반 상인 가리며 신분을 따지는 사람들에겐 부면장은 능력자다. 혼인한 주동이 여성들에게 젊잖게 행동해서 많이 달라졌다는 소문이 돌았다. 도윤은 다행이라고 생각하며 보람으로 여겼다. 한편으론 하경과 정혼한 자가 자신이라고 한 거짓말을 주동이 알면 어떻게 나올지 찜찜했다.

철묵은 지금쯤 얼마나 대원들을 찾아서 소집했을까? 새로운 거점은 마련했을까? 뿔뿔이 흩어져 숨어 지내는 대원들을 찾아내느라 고생이 많을 것이다. 함께 가자는 철묵의 요청을 거절한 것이 많이 걸리는 도윤이다. 그렇기에

더더욱 철묵이 기다려지고 걱정되고 궁금하고 미안하고
안타깝다.

너는 천하디 천한 천가여

여름 방학 내내 훈련만 마치면 일자리를 구하려고 생활 광고지를 들고 발품을 팔았다. 그러는 동안 돈이 떨어져서 장욱이에게 빌린 돈만도 구만 원이나 된다. 그날도 몇 군데 찾아다니다 허탕치고 지쳐 돌아왔다. 기숙사에서 박문수가 기다리고 있었다.

"종일 그러고 다닌다고 일자리가 쉽게 생기겠니? 어서 나를 따라 와, 회장 할아버지가 너를 기다리신다."

인겸이는 박문수의 말을 잘못 들었나 했다.

"그 할아버지가 왜 나를 기다리셔?"

대답 없이 앞장서는 박문수를 따라갔다. 교정 뒤에 기다리는 검은색 외제 승용차에서 기사가 나와 뒷문을 열어 박문수와 인겸이를 태웠다. 승용차는 아주 조용한 엔진 소리로 흔들림 없이 미끄러지듯이 학교를 빠져나갔다. 등과 엉덩이가 자리에 묻히는 느낌이 아주 편안했다. 차 안에서 박문수가 설명을 해 주었다.

"네가 일자리 구하기 위해 내 신분증까지 도용하려고 한 뒤 나도 고민을 좀 했다. 그래서 염치불구하고 회장 할아버지께 말씀드렸더니 한번 데려와 보라고 하시더라."

"그래? 아우 고마워. 정말 정말 정말 정말 고마웡."

인겸이는 눈물이 찔끔 비어질 정도로 감동스러웠다. 일자리를 구하려고 몇 날을 발품 팔며 돌아다녔던가. 일자리만 생기면 박문수를 큰 은인으로 여길 것이다.

"네게 맞는 일자리면 좋겠는데….."

"아유. 걱정은 마 어떤 일이든, 어떤 사람들하고든 잘할 거니까, 나는 할 수 있어."

인겸이는 기분이 날아갈 것 같아 자신도 모르게 박문수를 포옹했다. 박문수도 흐뭇한 얼굴로 인겸이 팔을 잡고 자신의 목에 감았다.

승용차는 B.YONG 빌딩 지하 주차장으로 들어갔다. 엘리베이터 가까이 얌전하게 세운 뒤에 얼른 나와서 박문수 쪽 차문을 열어 주었다. 인겸이는 그동안 황태자로 변한 박문수의 모습에 놀라고 있었다. 유명한 회사 건물은 지하

주차장도 발밑에 떨어진 바늘이라도 쉽게 보일 만큼 조명이 아주 밝았다. 인겸이는 연신 두리번거리며 엘리베이터를 탔다. 3층쯤 올라가니 엘리베이터는 건물 외부로 나가 투명한 유리 속으로 움직였다. 주변의 모든 것들이 아래로 내려가는 것을 보니 조금 어지러웠다. 엘리베이터의 숫자 버튼이 39층까지 있었다. 7층에 서서 운전기사와 목례하는 한 사람을 태우고 19층에서 그 사람을 내려 준 뒤 27층에서 내렸다. 인겸이는 점점 불안해졌다. 집중해서 공부하는 것도 아닌 축구 선수이기에 이런 큰 회사에서 일할 만큼 능력이 있는 것도 아니다. 학벌 좋은 유식한 사람이나 할 수 있는 어려운 일자리면 어쩌나 하는 생각이 들어서 은근히 걱정되었다.

노크를 하고 들어가면 회장실인줄 알았더니 비서실이었다. 비서실에서 잠시 앉아 면담 순서를 기다려야 했다. 박문수에게 대단한 할아버지가 생겼다는 것을 실감하는 시간이었다. 서류 봉투를 든 몇몇 사람이 드난 뒤에야 문수와 인겸이가 들어갈 수 있었다.

"잉, 그려. 우리 손자 어서 온. 여 앉어."

"할아버지 제가 얘기한 아이요. 인겸아 인사드려."

"안녕하세요. 저는 문수 형과 함께 축구하는 천인겸입니다.”

인사를 하고 회장의 얼굴을 마주 대한 인겸이는 처음 보는데 아주 오래전부터 알고 지낸 사이처럼 친근감이 느껴졌다. 회장도 조금 이상한 듯 인겸이 얼굴을 빤히 들여다보며 살피는 눈치다.

“게들 앉거라.”

따라들어 온 비서에게 고갯짓으로 뭔가를 지시한 회장은 웃음이 가득한 얼굴로 박문수만 보았다.

“오티게 유학 준빈 잘 되가는 겨?”

“할아버지께서 다 해 주시는데 저야 뭐 할 게 있나요? 스페인어 공부하는 것 한 가지인데 잘 안 되는 것이 문제예요.”

역시 웃으며 대답하는 박문수다.

“그까짓꺼야 공부헐 것두 읎이 통역 푸론가 허는 거 즌화기다가 깔면 되잖여.”

조손간의 사이가 매우 정답게 보여서 부러웠다. 비서가 도넛과 음료를 들여 와 앞에 놓아 주고 나갔다. 잔뜩 주눅이 든 인겸이는 회장실 내부를 살펴볼 여유가 없었다.

“그려 잉 넌 이름이 뭐라구?”

박문수가 도넛을 먹는 모습을 흐뭇한 표정으로 들여다

보던 회장이 갑자기 인겸이에게로 눈을 돌려 물었다.

"천인겸입니다."

"천가여? 왜 해필 천가랴."

성을 되묻는 표정이 떨떠름하다. 인겸이는 할아버지 세대에서 천씨가 천민이었음을 일기를 읽다가 알았다. 그 때문에 회장의 떨떠름한 표정이 무슨 뜻인지도 알 만했다.

"천가라? 근디 넌 왠지 천가랑 달러 뵌다? 허기사 요즘 애들 우리 소시쩍 보담 잘 먹이니께 달러 보이겄지. 천인 겸인 인저부턴 우리 손잘 박문수라구 불르지 마러라. 이민 철이라구 불러라 내가 이번이 호적을 새루 맹길었다. 우리 손자두 인전 내 승을 따르야 허는 거니께 그리 알어, 박가 가 아니구 이가여, 이 민철이여 민철이 이,민,철!"

"예."

박문수와 인겸이가 동시에 대답했다. 박문수는 그리 달 가운 것 같지 않은 눈치다.

"할아버지! 인겸이 일자리 마련해 주신다고 해서…."

"응? 아! 그렸지. 그려, 비서헌티 말을 해 놨으니께, 인겸 인가 넌 서류만 비서실루 늧거라."

"할아버지 고맙습니다."

인겸이보다 박문수가 더 고마워서 난리다.

"그런데 회장님, 제가 학교 일과를 끝낸 뒤에야 일을 할 수 있어서요. 일자리가…."

인겸이는 그 문제가 먼저 미성년자 고용과 함께 해결돼야 한다고 생각되어 말을 꺼냈다. 회장은 인겸이 말을 들을 것도 없다는 듯이 채어 대답했다.

"그 따위 걱정일랑 허덜 마러라, 내가 미성년자 고용허는 법두 물르구 널 데려오라 헸겄냐? 비서가 다 알어서 혈 테니께 넌 비서실이다가 내라는 서류나 잘 헤다 내면 되여."

고맙다는 말밖에 더 할 말이 생각나지 않았다. 바쁜 회장실을 차지하고 오래 앉아 있을 수 없어서 인겸이가 먼저 일어나자 박문수도 따라 일어났다. 처음엔 보이지도 않던 회장실 내부가 눈에 들어왔다. 커다란 자연석처럼 곡선의 은색 테이블이 중후하게 놓여 있고 그 위에 수정처럼 맑은 크리스털 속에 황금색 글씨로 새겨진 명패가 보였다. 글귀는 '대표이사 이주동'이었다. 오랫동안 알았던 분 같더니 이름도 익숙한 이름이라서 이상하다는 생각을 했다. 그러나 그 이상의 기억은 떠오르지 않았다.

비서실에서 메모해 준 것은 이력서와 인감증명서와 주민등록등본과 신원 증명서 한 통씩에 신원 보증서 두 통이었다. 다른 것은 문제가 아닌데 신원 보증이 문제였다. 한 통은 사청 아저씨게 부탁하면 되지만 나머지 한 통을 부탁할 사람이 없다. 담임 선생께 부탁해 봄직한데 축구에 몰입하느라 담임 선생과 제대로 대화 한 번 안 해 보고, 그런 부탁이나 하기가 그리 쉽지 않다. 기왕 박문수에게 신세를 지는 김에 신원 보증서 하나쯤 빼 달라고 회장님께 부탁을 한 번 더 드려 달라고 해 볼까? 생각했다.

"신원 보증 해 줄 사람이 한 분밖에 없는데 어쩌지."

혼잣말처럼 중얼거렸는데 박문수가 듣고 코웃음 소리를 냈다.

"흥, 야 뭘 고민해? 그것 내가 해 주면 되지."

"정말? 고마워 형. 내가 이 은혜 죽어도 있지 않을게."

"그까짓 일 가지고 뭘, 그나저나 할아버지께서 현금 카드 주셨는데 맛있는 거나 먹자."

돈이 좋긴 좋다는 생각을 새삼스럽게 했다. 할아버지의 가르침엔 '돈에 정신을 팔아먹지 말라' 했지만, 팔아 버릴 정신이란 것이 애당초부터 자신에겐 없는 것이라고 생각했다. 돈을 벌려면 자신이 가진 능력을 잘 가꾸고 닦아야 한다고 했으니, 인겸이는 자신의 재능인 축구 실력을 잘 쌓는 길밖에 없다는 생각이다. 열심히 해서 아주 유명한 선수가 되어 돈도 벌고 인기도 누리리란 꿈만 가슴에 가득하다.

박문수 덕에 태어나서 한 번도 가 보지 않은 불고기 식당으로 정했다. 가족끼리 외식이란 것은 할아버지랑 몇 번 중국집에 가서 자장면 사 먹은 것밖에 생각나지 않는다. 예전에 할머니 친정댁 결혼 잔치에 가 보았던 뷔페식 식당이 지금까지 가 보았던 중에 가장 큰 식당이었다. 박문수가 데리고 간 불고기 전문집은, 곁에서 보기에도 문화재처럼 보이는 고대광실 한옥이었다. 그 겉모습만으로도 인겸이는 주눅이 들어 들어가지 못하고 머뭇거렸다.

"형, 여긴 엄청 비싼 곳일 텐데?"

"괜찮아 현금 카드가 뭐 일이만 원짜린 줄 아니? 너 오늘 고기 좀 실컷 먹어 봐."

아무리 회장님이 마음껏 사용하라고 준 카드라지만, 한꺼번에 많은 지출을 했다가 회장님이 실망하시면 어쩌려고 그러나 싶어 불안했다.

"여기 우선 한우 차돌박이 구이 2인분에, 한우 불고기 버섯전골 2인분 주세요."

"형 누구? 수린이 오나?"

"아니 왜?"

"그럼 누가 또 오기에 그리 많이 시키는 거야?"

"짜식 그냥 너 많이 먹이려고 시킨 거야. 얼마나 먹는지 더는 못 먹겠다고 할 때까지 시킬 테니까 마음껏 먹어."

"정말 그렇게 많이 먹어도 되는 거야?"

"남기지나 마라. 남기면 다신 안 사 줄 거야."

"좋아 그럼 시킨 것 다 먹으면 수린이 주는 거지?"

"어? 이 자식이 엉큼하게, 여태 수린이를 후릴 생각이었네? 임마! 수린인 관심 끄라고 했잖아! 그리고 수린이가 물건이냐? 내가 준다고 주어지는 것도 아니고, 가만, 그러고 보니 아직 미성년인 것들이 어디 연애질을 하려고? 땍!"

"히히히 그렇지 미성년은 그러면 안 되지. 근디 누군 중학교 때 했다지 아마?"

"아니 이게…. 그래 임마 나다. 내가 그랬다 임마. 그래서 경험한 내가 말리는 거단 마!"

"예, 연애 선배님 말씀 명심하겠습니다요."

둘이 낄낄거리며 농담하는 사이 음식이 나오고 있다. 인겸인 마음 놓고 먹어 보자고 작심을 했다. 여름 점퍼를 벗어 곁의 의자에 걸쳐 놓고 혁대를 풀었다. 메리야스가 얇아서 인겸이 몸이 은은히 드러나 보인다. 축구로 단련되어

알맞게 균형 잡힌 뱃살 근육이 섹시하다. 박문수의 시선을 느끼며 이때다 싶어 다시 입을 열었다.

"그럼 내가 미성년 딱지 떼고 완성년 되면 수린이랑 사귀어도 된다는 거지?"

"네가 완성년 때쯤이면 내가 적극적, 열성적, 대대적으로 할아버지께 말씀드려서 고귀한 집, 장관 댁이나 재벌 같은 수준의 집이랑 사돈 맺으시라며 수린이랑 잘 어울리는 짝 찾아 시집보낼 거다. 왜?"

"아이 치사하게… 수린이는 이씨도 아닌 박씨인데 꼭 그렇게까지 하기야? 이,민,철씨!"

"그래 그럴 거다… 왜냐? 수린이는 영원한 내 동생이니까."

"이거 참 꼴 넣으려면 제치고 따돌려야 할 큰 수비수가 하나 더 생기겠네."

"어쭈? 포기 못 하겠다 이거지? 그럼 불고기 먹지 말고 당장 가."

박문수가 세게 나오니 일단 고기는 먹고 보자는 생각으로 얼른 꼬리를 내렸다.

"아이 뭘 그렇게까지, 형! 나도 알아, 나 같은 게 감히 언감생심 꿈이나 꾸겠어?"

인겸이가 살살거리는 태도로 아부를 해대자, 박문수는 눈을 내리깔고 팔짱 낀 채 도도하게 폼 잡고 지침을 내리듯이 말했다.

"너는 우리 가족들 중에 나만 좋아하고 나만 사랑해야 해 아무에게도 신경 꺼."

"뭐? 형만 사랑하라고? 아이고야~ 혹시 커밍아웃한 거야? 싫어! 내가 왜 남자를 사랑해?"

인겸이가 펄쩍 뛰는 시늉하자 당황한 듯이 박문수의 얼굴에 홍조가 찰나 스쳐 지나갔다.

"오버한다. 관능적 사랑 말고! 플라토닉! 정신적인 사랑, 우정 같은 것 말이다. 인마!"

얼른 고개는 끄덕였지만, 우정이면 우정이지 우정 같은 건 뭐고 왜 사랑하라고 말하는지, 인겸이로선 이해할 수 없다.

"그동안도 내가 너를 얼마나 좋아하는지 모르지? 아무튼 내가 스페인 가면 어떻게 하든지 너도 그리 데려갈 거다. 거기서 네 실력을 테스트 받게 하고 클럽에 입단시켜 너랑 함께 축구할 거야."

박문수가 술이나 마셨다면 취중 공언이라고 그냥 응응 받아 주면 그만이지만, 생생한 정신으로 말을 하니 진심으로 받아들일 수밖에 없었다. 처음부터 박문수가 자신을 특별하게 바라본 것 같긴 하다. 자신에게만 특별히 잘하는 이유가 뭔지? 어쨌든 매우 고마웠다.

둘이 소고기 구이를 6인분이나 먹고도 전골 중간짜리를 냄비 바닥이 깨끗하도록 먹고서야 자리에서 일어났다.

"형 덕분에 생전 처음 맛있는 고기를 배불리 먹어 봤어. 고마워 형."

"내겐 그런 인사치레 하지 마라. 아까도 얘기했지만 너는 내게 특별하다. 떠나기 전엔 네가 먹고 싶다면 얼마든지 살게. 돈 걱정 말고 아무 때고 이야기 해."

스페인어 강사를 만나러 가는 박문수의 뒷모습을 보며 참 고마운 사람이라 생각했다. 비록 객지 벗을 해도 될 만큼인 열아홉 달의 차이지만 그가 갑자기 훨씬 위의 형처럼 느껴진다.

낮에 하도 잘 먹어서 저녁 식사 생각이 없다. 식사 시간인데 조금 전 사청 아저씨께 신원 보증을 서 달라고 전화를 했다. 사청 아저씨는 호쾌히 해 주겠다며 양식을 메일로 보내면 인쇄해 서명 날인한 다음 우편으로 보내겠다고 했다.

나머지 하나를 박문수에게 부탁하기 전에 인겸이 스스

로 마련해 보고 싶었다. 그래도 작은아버진데 막상 거절은 못 할 거란 생각으로 전화를 했다. 사용하지 않는 전화번호라는 안내가 들린다. 전화번호가 바뀌었으니 작은아버지에게 연락할 길이 없다. 전화번호를 바꾸었으면 인겸이에겐 당연히 알려 주어야 하는데, 연락 두절시켜서 영영 남이 되겠다는 뜻인지, 인겸이는 씁쓸하다. 자격지심으로 작은아버지의 안부보다 서운한 감정이 먼저 부풀어 오른다.

취직 서류로 준비한 주민등록등본을 들여다보았다. 천도윤 할아버지 이름에 선이 그어지고 '2017년 8월 29일 졸', 그 아래 할머니 권순덕 이름도 선이 그어지고 '2006년 3월 17일 졸', 또 아래 아버지의 천요섭의 이름에도 똑같이 선이 그어지고 '2003년 10월 13일 졸'이라 되었다. 그러고 보니 아버지 천요섭의 기일이 한 달쯤 남았다. 할아버지는 아버지의 제사를 지내지 않았다. 지방에 현고학생부군신위 한자를 써 붙이는 제상을 차리거나 하지 않고 그냥 '니 애비 떠난 날이다. 오늘은 더 진중허게 지내거라. 넌 애비 기억두 읂겄지민 니 애비는 너배끼 읂었다. 그러니 애비 생각 헤서라두 오늘은 애들허구 다투지두 말어야 헌다' 하고 당부하는 말이 전부였다. 역시 얼굴도 떠오르지 않는 어머니 지선화가 늘 문제였다. 엄마가 있으니 이 럴 때 엄마가 보호자 노릇해야 법적으로도 맞는데, 늘 걸 림돌이 되었다. 이번에 취직 문제에도 그런 걸림돌이 될까 걱정이다.

신원 증명서도 떼고 통장 도장으로 인감을 내고 인감증 명서도 취업용으로 떼었다. 인겸이는 결국 박문수의 신원 보증을 받아야 했다. 박문수는 보증도 서 주고 인겸이에게 서류를 달라고 해서 자신이 직접 B.YONG 회장 비서실에 다 내 주었다.

작은아버지는 신원 보증이 아니라도 서로 어디 사는지 는 알아야 하는데 연락이 없다. 알 만한 작은아버지 친구 몇 분에게 전화를 걸어 소식을 물었지만, 한결같이 연락 끊긴 지 오래되었다는 거였다. 얼마나 생활이 어렵기에 친 구들조차 만나지 못하게 되었나? 차라리 남은 도라지 값 이라도 내 줄 것을 그랬던가 싶다. 몇 푼 돈 때문에 단 하 나뿐인 혈육끼리 이토록 소원할 수는 없다. 일자리 얻어 돈을 벌면 꼭 작은아버지에게 도라지 값부터 갚아야겠다 고 다짐했다.

주민자치센터에서 연락이 왔다. 엄마의 행방불명이 인 정되어 기초 생활자로 선정했다는 통보였다. 이번에 신원 증명서와 주민등록을 떼러 갔을 때 복지과 담당자에게 사정을 말한 것이 받아들여진 것 같다. 가을 학기부터 만 18세 전까지는 기초 생활비가 나오게 되어서 인겸이에게 큰 도움이 될 것이다. 법대로 받는 생활 보조비일 것인데 마치 남에게 떳떳치 못한 도움을 받는 것만 같다.

사래고 축구부 감독이 새로 부임했다. 첫 인상이 깔끔하게 생긴 것처럼 성격이 꽤나 까다로웠다. 가을철 중요한 대회를 앞둔 훈련 때도 단 하루를 함께 합숙소에 머물지 않았다. 인겸이의 사정을 헤아려 주던 황 감독과 비교하면 개개인에 대한 관심이 거의 없다.

인겸이는 제대로 된 훈련을 하게 되어 다행이라 생각되면서도, 자유로운 시간이 없다는 점이 걱정이었다. 겨우 얻게 된 일자리에 어려움이 많이 생길 것 같아서다. 신원 보증까지 하며 간신히 얻게 된 일자리를 시간이 맞지 않아서 포기하게 될 수도 있다.

박문수가 갑자기 예정보다 빨리 떠나게 되었다. 두세 달 정도 더 스페인어 공부를 하고 가기로 계획이 되었었는데 회장 할아버지의 특별 명령이라 했다.

박문수는 사흘 후에 떠났다. 공항까지 배웅한 인겸이는 서둘러서 B.YONG으로 향했다. 훈련이 끝나면 이내

B.YONG 회사로 들어오라는 전갈이 왔다. 일자리가 마련되었다는 뜻이었다.

지난번엔 지하 주차장으로 들어갔지만 이번엔 떳떳하게 B.YONG 빌딩 정문을 향했다. 그래도 회장의 특별 채용인데 당당하게 들어가고 싶었기 때문이다. 아직 정식 사원이 아니라서 사원 증을 걸지 않아서 경비원이 막았다. 경비원과 복장이 같은 안내 직원에게 회장 비서실에서 불러서 왔다고 하자 그가 인터폰으로 확인을 했다.

"천인겸 학생은 로비에서 기다리라는 지시야."

경비원이 지시한 대로 로비에서 기다렸다. 잠시 후 노동자 옷을 입은 여성이 인겸이에게 따라오라며 B.YONG 빌딩과 한 500미터쯤 떨어진 공장으로 데려갔다. 안으로 들어가니 메스꺼운 냄새가 많이 나고 웅웅대는 기계 소리가 머리를 무겁게 했다. 안에 꽤 크고 넓은 공간이 있었다. 그 공간 한쪽에 임시 사무실 겸 다목적으로 사용하는 방이 마련되어 있었다. 여성은 인겸이에게 그 방으로 들어가라는 손짓을 하고 사라졌다. 요란한 기계 소리에 귀가 먹먹하다. 방문을 열자 안은 사무실이었다. 방문을 닫자 의외로 시끄럽던 소음이 아주 작아져서 조용하게 느껴졌다. 두 개의 테이블이 있는데 안쪽 테이블의 회전의자에 사람이 돌아앉아 있다. 얼굴이 보이지 않아 누군지 알 수 없었다.

"안녕하세요. 오늘부터 일하러 온 천인겸입니다."

인사를 하자 회전의자가 반대로 돌았다. 박문수네 회장 할아버지가 앉아 조금 웃음을 띤 표정으로 인겸이를 뚫어 져라 쳐다보았다. 얼른 다시 정중하게 인사를 하면서도, 자신이 무슨 잘못이라도 했나 싶을 만큼 갈피 없는 순간이 었다.

"천인겸이라구 헸냐?"

"예 천인겸입니다."

"니 할아버지 이름은 뭐여?"

"도 자 윤 자십니다."

다짜고짜 할아버지를 묻는 까닭이 무엇인지 짐작도 할 수 없어 어벙한 표정으로 대답했다. 회장의 표정이 굳어지 는 까닭이 무엇인지 인겸이로서는 알아차릴 만한 단서가 없다.

"아, 음 천도윤이라구? 그럼 할아버지 고향은 오딘지 아 니?"

"저에게 직접 말씀해 주신 것은 아니라서 확실하진 않 으나 할아버지께서 써 놓으신 일기에는 상감마을로 되었 는데 거기가 어디쯤인지 모릅니다."

인겸이는 조금 창피했다. 평소에 할아버지께 자세히 여쭈어봤다면 이럴 때 똑똑하게 잘 대답했을 것이다. 인겸이의 입에서 상감마을이란 말이 나오는 순간, 회장의 얼굴이 파리해지며 감을 듯 실눈이 되어 입술을 바르르 떨었다. 인겸이는 그 까닭이 무엇인지 알 길 없었다.

"그으래? 상감마을의 천도윤이라고? 어흐, 참말루 이런…."

뒷말을 혼자만 중얼거린다. 무슨 말인지 알아듣지 못한 인겸이는 고개를 갸웃하며 물었다.

"예? 무슨 말씀이세요?"

"아, 아녀! 아녀! 알었다. 니게 일이 맞을지 물르겄구나. 이 회사루 입사허는 사람은 누구나 츰이 한 번씩은 험헌 일부터 경험헌다. 그런 담이야 딴 일두 맡을 수 있는 거다. 니가 일헐 시간은 저녁 일곱 시부텀 열한 시까지다. 주말 두 허는디 금토일요일 삼 일은 저녁 여섯 시부텀 열두 시까장 허구 일단 먼저 시간부텀 엄수허야한다. 열심히 헤 봐."

말을 마친 회장은 벌떡 일어나서 지팡이를 짚고 공장 밖으로 나가 버렸다. 아흔 살 노인네가 젊은 사람 못지않게 행동이 빠르다. 그만큼 정정하지만 그래도 나이는 나이다. 다리의 관절이 불편한지 지팡이를 짚고 나가는 걸음이 절고 있었다. 회장의 뒷모습을 보니 할아버지가 생각난다. 할아버지도 교통사고로 돌아가시지만 않았어도 회장보다 더 정정할 것이다.

어디로 가서 누구와 하라는 말조차도 안 하고 가 버리는 바람에 어떻게 할지 갈피없이 시간만 보냈다. 그냥 공장 구경이나 하자고 방을 나서서 공장 쪽 미닫이식의 커다란 문을 밀어 보았다. 문이 무겁기 때문인지 잠가서 그런지 꼼짝도 안 한다. 다른 출입구가 있는지 찾아보려고 할 때였다.

"네가 천인겸이냐?"

뒤에서 코 막힌 목소리로 묻기에 돌아보았다. 머리에서 발끝까지 잿빛 작업복으로 감싼 사람이라서 누군지 나이가 얼마쯤 되는지 도통 알 수 없다. 더구나 얼굴엔 돼지 주둥이처럼 내민 방독면을 쓰고 있었다. 고개를 끄덕이자 따라오라는 손짓을 했다. 그 사람에게서 고약한 냄새가 풍겨서 조금 떨어져서 따라갔다. 그 사람은 공장 반대쪽에 있는 거대한 창고 쪽으로 들어갔다. 몇 평이나 되는지 알 수 없이 넓은 창고였다. 양쪽 옆으로 생산된 완제품인 듯 포장된 박스들이 10미터는 넘을 높이로 성곽처럼 길게 쌓여 있다. 그 가운데로 지게차가 두 대나 서 있고 10톤은 넘

255

을 탑차도 한 대 들어와 대고 있었다. 그 사람은 인겸이에게 어서 따라오라며 공장 안에 조립된 컨테이너 하우스로 들어갔다. 하우스 안에서 잠시 방독면을 벗은 사람은 백발과 얼굴 피부로 보아 나이가 쉰은 넘을 것 같았다.

"나는 B.YONG의 마지막 마무리 작업하는 제 4공장의 공장장이자 연구원 최두진이다. 지금부터 내 말 잘 들어야 사고 없이 일할 수 있다. 여기 4공장은 화공약품을 취급하는 곳으로서 유출 가스가 매우 위험하다. 특히 이 공장은 폐수를 처리하는 곳이라서 유독한 가스가 많이 나온다. 방독면 없이는 단 몇 분도 일하기 어려운 때가 많으니 각별히 조심해야 한다. 자칫 방심하면 큰 사고를 낸다. 일을 다 파악하고 익숙해질 때까지 반드시 너는 출근하면 먼저 여기의 장화, 장갑에 방독면까지 방독 복장으로 갈아입어야 한다. 알았나?"

"예."

대답을 하면서 공장장이 하나하나 가리킨 복장을 다 갈아입었는데 방독면 쓰는 법을 모르겠다. 그냥 모자 쓰듯이 쓰면 되는 줄 알았던 방독면이 이토록 쓰기 복잡한 줄 몰랐다.

"방독면 안 써 봤구나? 이리 줘 봐. 여기 이것이 여기다달아서 사용하는 정화통과 배기밸브, 그리고 이건 여과기 이건 투명 접안경이란 거다. 우선 머리에 보호 두건을 쓰고 정화통을 이렇게 끼우고 여기를 열고 이렇게 하고 이리 쓴다. 그리고 뒤의 끈을 묶고 앞의 정화통을 잡아 입과 코에 반듯하게 맞추고 손으로 정화통을 막고 호흡해 보며 제대로 되었는지 확인하면 된다. 그리고 꼭 두 시간에 한 번씩은 정화통의 필터를 갈아 끼워야 한다."

정신 바짝 차리고 빠짐없이 설명을 들으려고 청각은 물론 모든 촉각을 곤두세웠다.

"어쩌자고 회장은 경험도 없는 너 같이 어린 초짜를 이 위험한 곳으로 보낸단 말이냐. 하고 많은 자리 다 놔 두고."

공장장은 혼잣말로 중얼거려 댔다. 인겸이를 생각해서 말하는 것만은 아닌 것 같았다. 자신에게 어린 인겸이가 부담스러워 회장을 불평하는 것으로 짐작되었다. 듣기에 귀에 거슬렸지만 뭐라고 따질 수는 없었다. 그는 다시 자상한 설명과 함께 인겸이가 방독면을 바로 쓰도록 도와주었다. 가르쳐 주는 대로 방독 복장으로 무장하고 그를 따라 나갔다. 방독 복장 때문에 걸음이 둔하고 시야도 좁아 몹시 불편했다.

처음 일에 임했지만 미성년자가 일할 곳은 아니었다. 생각보다 힘이 많이 쓰이는 곳은 아니었다. 컴퓨터 시스템에 의해 돌아가는 기계가 웬만한 일은 다 해 주기 때문이다. 그러나 거기서 나오는 유독한 가스는 잠시라도 맡아선 졸도해 버린다. 그나마 예전에 비하면 새로운 처리 방식을 도입하고 일하는 방법도 개선해서 많이 좋아진 것이라 한다. 인겸이가 태어났을 무렵 세워진 이 공장은 처음 수년간 가스 유출로 인한 인명 사고가 잦았다고 한다. 그때 유독 가스에 쓰러져 식물인간이 되었거나 사망한 사람도 꽤 있었다. 그때마다 노동자들이 작업 환경 개선과 산업 재해 보상을 보장해 달라고 파업하는 등 시위 투쟁이 끊이지 않았다고 한다.

인겸이는 일자리가 좋지 않은 것을 할아버지께 따졌다는 박문수를 위해서라도 참았다. 회장은 박문수에게 다 생각이 있으니 기다리라고 말씀하셨다는 거였다. 박문수는 힘든 일자리를 참고 견디는 인겸이가 안쓰러운지 어깨를 도닥여 위로해 주었다.

박문수가 스페인으로 떠나던 날 B.YOUNG 회장실에서 인겸이를 불렀다. 코치진께 사정을 이야기하고 한 시간쯤 더 외출 허락을 받아 버스를 탔다. 왜 자신을 부르는지 몹시 궁금했다.

"어디 일 좀 혈만 허더냐?"

회장은 막 들어선 인겸이에게 앉으란 소리도 하지 않고 단도직입적으로 질문부터 했다.

"모르는 것도 많고 처음해 보는 일이라서 위험합니다."

"그러겄지. 그래두 그런 경험을 더 해야 되여. 그런디 말이다 음, 너랑 우리 이민철이랑은 신분이 달르다는 걸 알어라. 대대루 내려오는 조상을 봐두 우린 증산 이씨 양반이지먼 너는 천하디 천한 상것이었던 천가여. 그뿐이냐? 시방두 너랑 우리 민철이는 하늘과 땅 차이여. 민철이는 이 회사 주인인 내 손자구 너는 회사 말단여. 그것두 임시직. 더구나 민철인 앞으루 이 회사 주인될 귀한 몸이다 이말여. 너랑은 달러두 너어~무 달러! 옛날처럼 같은 급으루 놀라구 허면 안 된다 이 말이여. 알었냐?"

회장의 말을 듣는 동안 뇌가 몽땅 밑으로 쏟아져 머릿속이 텅 비어 버린 것처럼, 아무것도 생각할 수 없었다. 한참 멍해 있다가 겨우 정신을 가다듬으며 회장에게 물었다.

"그 말씀하시려고 저를 부르셨나요?"

"그려, 그러구 우리 민철이가 니 일자리를 바꿔 주라구 난리 쳤지먼 아무래두 다른 디는 너를 늫을 만헌디가 읎어. 니가 대학을 나온 것두 아니구, 무슨 기술 밴 것두 아니구, 영얼 잘 허는 것두 아니구, 그러니 자리 바꿀 생각 말구 그냥 게서 그 일만 쭈욱 허야겠다. 민철이가 혹시 전화라두 허걸랑은 딴디, 잉 그 커피숍으루 옮겼다구 허여. 나중 그 자리 비구 사람 읂으면 너 느줄게 괜히 외국서 공부허는 애 너 때미 마음 쓰게 허지 말구 말어. 알었냐?"

"예."

인겸인 대답도 하기 싫어서 건조하고 짧게 했다. 아무리 어린 미성년자라지만 엄연히 자기 손자가 좋아하는 친구에게 어떻게 그럴 수가 있는지? 당장 일을 그만두고 싶지만 왠지 오기가 앞서서 그냥 버텨 보기로 마음을 다졌다.

그렇게 회장실을 나오자 자신만을 위해 주던 할아버지가 몹시 그립다. 서러움이 울컥 치밀어 눈물이 쏟아졌다. 눈물과 함께 자존심이 주르르 쏟아져 내렸다. 우는 얼굴을 누구에게 잠시라도 내보이기 싫어 화장실로 황급히 들어갔다. 조용하고도 하염없이 눈물이 나왔다. 참아 보려고 해도 두 눈이 퉁퉁 붓도록 그쳐지질 않았다. 겨우 마음을 달래고 울음을 그쳤다. 변기에 앉은 채 손으로 볼에 붙은 화장지를 떼어 내려고 얼굴을 비비고 있었다. 그때 무슨 일로 B.YOUNG 회사에 왔는지 오가 형제의 목소리가 들렸다.

"야, 어사 자식이 나타나는 바람에 우린 아주 개밥에 도토리다."

쌍둥이가 목소리까지 똑같이 닮아 기찬인지 기만인지, 둘 중 누가 하는 말인지 목소리만으로는 가릴 수가 없었다.

"우릴 청소년 대표 넣고도 잘하나 못 하나 궁금할 텐데 아예 관심도 없는 것 봐."

"그러게, 어떻게 그럴 수 있지? 친손자 찾고 우린 아예 거들떠보지도 않아."

"야, 근데 어사 녀석이 당할방 친손자 맞냐? 난 자꾸 아닐지도 모른다는 생각이 들더라."

"맞겠지, 아예 전담반을 꾸리고 몇 년 간이나 전국을 뒤져서 찾아 낸 손잔데 아니겠니?"

"그런데 오늘 공항에서 보니까 어사에겐 할아버지가 있던데?"

"아이 그야 어사 아버지를 길러 준 할아버지지."

"길러 준 할아버지는 무슨? 어사하고 빼다 박은 것처럼 닮았던데? 솔직히 당할방이랑 어사랑은 그리 닮지 않았잖아."

"쉿! 그런 말은 하지 말자. 누가 들으면 시기 나서 심술로 그런 말 하는 줄 알겠다."

기찬, 기만 형제가 소변 보고 화장실을 나갈 때까지 인겸이는 그냥 대변실 안의 변기에 앉아 있어야만 했다. 그 바람에 새로운 사실을 알게 되었다. 오기만, 오기찬이 당할아버지라고 했던 사람이 바로 박문수의 새로 나타난 할아버지인 B.YOUNG 회장이었다니. 우연도 누가 소설처럼 꾸며서 이어 놓은 것 같은 이상한 우연이었다.

인겸이는 울어서 부은 눈과 볼과 눈두덩에 붙은 화장지를 거울 앞에서 말끔하게 씻어 냈다. 찬물로 씻고 나니 부은 눈이 좀 가라앉는 것 같다. 외출 허락 받은 한 시간이 훌쩍 넘었다. 코치진에게 꾸중 한마디 듣겠다는 생각을 하며 서둘러 학교로 향했다.

- 2권에서 이어집니다.

262 그림자를 벗는 꽃 1 해방 전후